Hippolyte Larrey.

LA NAPOLÉONIDE

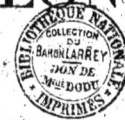

OU

LES FASTES NAPOLÉON

Ouvrage italien de M. Petronj,
traduit en français par M. Tercy.

Les notes littéraires, historiques etc., sont de M. Biagioli.

Les médailles ont été dessinées par M. Pécheux, *et gravées par* M. Piroli.

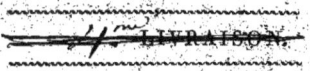

La Napoléonide est composée de cent médailles historiques et emblématiques gravées au trait, et de cent odes italiennes.

Les médailles, composées dans le goût antique et accompagnées d'une légende latine, retracent les principaux évènemens de la vie militaire, politique et privée de Napoléon-le-Grand, jusqu'à la paix de Tilsitt.

Dans les odes le poëte chante les actions mémorables qui font le sujet des médailles.

C'est tout à la fois un ouvrage de numismatique et de littérature; c'est une histoire monumentale et un poëme. La poésie et le burin, par une noble rivalité, reproduisent et transmettent à la mémoire les hauts faits qui ont immortalisé le nom de Napoléon.

I.

GLI STUDJ GIOVANILI   LES ÉTUDES
DI NAPOLEONE.   DU JEUNE NAPOLÉON.

NAPOLÉON naquit à Ajaccio, en Corse, le 15 août 1769. Il partit pour la France en novembre 1777, et fut reçu, le 5 avril 1778, à l'école militaire de Brienne. On reconnut bientôt en lui une grande aptitude pour les sciences exactes, et un goût décidé pour tout ce qui a rapport à l'art de la guerre. La lecture et la méditation partageaient ses momens de loisir. La patrie était son dieu; elle lui inspira un poëme sur la liberté de la Corse. Ame énergique, mœurs austères, caractère ferme, passion de la gloire, tout présageait qu'il était né pour commander. Entré, le 22 octobre 1784, à l'école militaire de Paris, il mérita, dès le 1ᵉʳ septembre 1785, le grade de lieutenant au régiment d'artillerie de la Fère, et sortit de cette école, le 28 octobre suivant.

CETTE médaille représente le jeune NAPOLÉON debout et appuyé sur un socle, traçant des figures géométriques. Minerve descend du ciel pour présider à ses travaux. La légende, IVVENTVS AVGVSTI, signifie, *Jeunesse de l'Empereur.*

ODE I.

GLI STUDJ GIOVANILI
DI NAPOLEONE.

Primo Genio del mondo (1),
Indietro volgi per un breve istante
L'indagator, profondo
Sguardo, e l'augusto intrepido sembiante:
Colmo de l'estro sacro,
Questi italici carmi a te consacro (2).

    Lunge dal suol natio
Che fai, che additi con la man, col senno (3)?
Di chiaro onor ben io
Ti veggo obbietto al popolo di Brenno:
O virtù non s'adombra,
O più fulgida alfin esce da l'ombra.

ODE I.

LES ETUDES
DU JEUNE NAPOLÉON.

Souverain Arbitre du monde, abaisse un moment ton regard, ce regard qui embrasse tout; et puisse ton auguste visage me sourire, tandis que, rempli d'un saint enthousiasme, je vais te consacrer les sons de ma lyre!

Loin des lieux qui t'ont vu naître, et dans le modeste asile de l'école, quelles pensées et quels projets vas-tu méditant? Ah! déja je découvre en toi la plus chère espérance des descendans de Brennus! La vertu qui se condamne à l'obscurité n'en sort que plus radieuse.

Oh come il verde aprile
De gli anni tuoi segni di speme e luce (4)!
A te chi è mai simile (5),
A te, che sei d'ogni altro e sprone e duce?
Par, che la bellic' arte
Già ti spirino in mente e Palla e Marte.

Se fiocca il crudo verno
Da l'irto orrido crin vapori algenti (6),
Formar d'essi ti scerno
Torrite moli, e gelidi strumenti,
In simulate imprese
Dirigendo or gli assalti, or le difese.

Se più diretto foco
De la stagion ridente il gel disface (7),
Novo guerresco gioco
Un fertil t'offre immaginar sagace:
Trincee veggo, e barriere,
Di non finti trofei per te foriere.

De l'Itala Reina,
Che or langue oppressa, odo i materni detti (8):
A te Giove destina
Regia clamide un giorno, e regii tetti:
A te, fulmin di guerra,
Stupida un giorno ubbidirà la terra (9).

Oh! comme l'aurore de tes premiers ans brille d'une douce lumière! quel autre pourrait désormais s'égaler à toi, à toi qui parais né pour commander, et à qui le dieu Mars et Bellone semblent déja souffler l'ardeur des combats?

Si de sa chevelure glacée l'Hiver laisse tomber la neige à flocons, je te vois former des retranchemens, élever des bastions, et, dans une guerre simulée, tantôt combattre à la tête des assaillans, et tantôt protéger les assaillis.

Si l'haleine du Zéphyr vient à fondre tes instrumens de glace et tes remparts de neige, ton imagination féconde invente de nouveaux jeux: je te vois ouvrir des tranchées, tracer des fortifications, et ériger des trophées, présages de ceux qui t'attendent un jour.

Mais de l'Italie éplorée j'entends déja les prophétiques accens: « O mon fils, le Destin te réserve le « sceptre et la pourpre des rois: un jour, et ce jour « n'est pas loin, les nations sentiront la foudre de ton « bras, et la terre étonnée se taira devant toi.

Eccoti aperto il seno;
Rammenta allor, che ti son madre, o Figlio;
Lacero ho il manto, e pieno
D'onte, bersaglio d'inimico artiglio:
Tergimi 'l lungo pianto,
Vendica l'onte, e ricomponi il manto.

« Souviens-toi alors, ô mon fils, que je suis ta mère !
« J'élève mes bras supplians vers toi. Tu le vois, une
« main cruelle m'a dépouillée de tous mes ornemens,
« et je suis devenue un sujet de dérision pour mes
« ennemis : ô mon fils, venge-moi, taris les larmes
« d'une mère, et rends-lui ses antiques honneurs. »

NOTES DE L'ODE I.

(1)　　　Primo Genio del mondo.

Tel est le caractère de l'ode, point d'invocation aux Muses ni au Dieu des vers ; il suffit que le poëte seconde les mouvemens du feu divin qui l'enflamme ; tout plein de son sujet, il franchit tous les intervalles, et semble n'avoir plus besoin que d'un regard du héros dont il chante la gloire :

> Indietro volgi per un breve istante
> L'indagator, profondo
> Sguardo, etc.

(2)　　　Questi italici carmi a te consacro.

L'auteur de la Jérusalem délivrée a dit :

> *Queste mie carte in lieta fronte accogli,*
> *Che quasi in voto a te sacrate i' porto.*
> (Chant I.)

(3)　　　Che fai, che additi con la man, col senno ?

Idée empruntée du Tasse :

> *Molto egli oprò col senno, e con la mano,*
> (Chant I.)

Et que le Tasse lui-même a imitée du Dante (Inf. XVI) :

> *Fece col senno assai, e con la spada.*

(4)　　　Oh come il verde aprile
> De gli anni tuoi segni di speme e luce!

La phrase, *segnar di speme e luce il verde aprile degli anni*, est très poétique, et peint vivement les grandes espérances que donnait NAPOLÉON dès les premières années de sa jeunesse. L'expression figurée, *l'aprile degli anni*, est très familière aux poëtes :

> *Jucundum cum ætas florida ver ageret.*
> *Ch' era dell' anno, e di mia etate aprile*, etc.

(5) A te chi è mai simìle?

Ce sont les paroles que Dieu même adressa à Salomon : *Dedi tibi cor sapiens et intelligens in tantum, ut nullus ante te similis fuerit.*

Pétrarque avait dit d'Auguste :

Che sol senz' alcun par nel mondo fue.

(6) Se fiocca il crudo verno
Da l'irto orrido crin vapori algenti.

Les jeux de Napoléon à l'école militaire de Brienne avaient toujours quelques rapports avec l'art de la guerre; ainsi, au tems des frimas, il élevait des barrières de neige, creusait des fossés, bâtissait des tours, et offrait ainsi à ses camarades un spectacle tout guerrier et des amusemens où ils pouvaient s'instruire.

Les deux premiers vers de cette strophe sont une heureuse imitation de ces vers du Dante :

Sì come di vapor gelati fiocca
In giuso l'aere nostro, quando 'l corno
Della capra del ciel col sol si tocca.

(7) Se più diretto foco
De la stagion ridente il gel disface.

Le fond de cette pensée est le même que celui de Virgile au premier livre des Géorgiques :

Vere novo, gelidus canis cum montibus humor
Liquitur;

ce qui arrive lorsque le soleil entre dans la constellation du Bélier, d'où cet astre darde ses rayons moins obliquement sur notre horizon.

(8) De l'itala Reina,
Che or langue oppressa, odo i materni detti:

Ces vers rappellent ceux du Dante :

Ahi! serva Italia, di dolore ostello,

Nave senza nocchiero in gran tempesta,
Non donna di provincie, ma bordello.

(Purg. 5.)

Voilà ce qu'on pouvait dire de celle qui avait été autrefois la maîtresse du monde, au moment où, sentant la honte de son avilissement, elle tournait ses regards vers le plus digne de ses enfans, seul capable de lui rendre son antique splendeur, vers laquelle elle marche aujourd'hui d'un pas assuré.

(9)   A te, fulmin di guerra,
       Stupida un giorno ubbidirà la terra.

Ces vers sont une imitation de Virgile :

. . . . *Duo fulmina belli*
Scipiadas.

ou de Lucrèce, liv. III :

Scipiades belli fulmen, Carthaginis horror.

En composant ce vers, *Stupida un giorno ubbidirà la terra,* l'auteur semble avoir eu en vue ces paroles dont se sert l'Ecriture pour louer la valeur d'Alexandre : *Siluit terra in conspectu ejus.*

Le mot *stupido,* pour exprimer cet engourdissement de l'ame où nous jette un grand sujet d'étonnement, en nous laissant comme stupides, a été employé par le Dante dans ces vers admirables :

Non altrimenti stupido si turba
Lo montanaro, e rimirando ammuta,
Quando rozzo e salvatico s' inurba.

(Parad. XXVI.)

II.

LA PRESA DELLE ISOLE   LA PRISE DES ÎLES
DELLA MADDALENA.   DE LA MAGDELEINE.

Janvier 1793.

Napoléon suivit son régiment, en 1786, à Valence, en 1787, à Douay, et en 1788, à Auxonne où il resta trois ans. Il employa ce tems à se perfectionner dans la tactique, l'histoire et la politique. Cependant la révolution avait éclaté. La Corse venait d'être déclarée département français : le jeune guerrier y passa en 1791, et fut proclamé lieutenant-colonel de la garde nationale. La France ayant tenté, en janvier 1793, une expédition contre la Sardaigne, Napoléon attaqua les îles du détroit de Boniface, s'empara de Saint-Etienne et de son fort, prit la Magdeleine, et bombarda Cabrèra.

C'est le sujet de cette médaille. On y voit une femme, debout sur un rocher, tenant de la main gauche un gouvernail. Elle porte dans la droite une branche d'arbousier, et montre un trophée élevé sur une île. Une étoile brille au-dessus de sa tête. La légende, BONAE SPEI, signifie, *A la bonne Espérance*, et l'exergue, AN. XXIII INSVLAS ET ARCES CEP. *A l'âge de 23 ans, il a pris des îles et des forteresses.*

ODE II.

LA PRESA DELLE ISOLE
DELLA MADDALENA.

Tè contempla la Patria,
Che a l'apparato bellico·
Il marzìal tuo scorge estro primier (1):
Così 'l figlio di Peleo,
D'Ulisse a l'armi fulgide,
Tutto il suo dispiegò spirto guerrier (2).

Dunque la Patria, o Giovine
D'alta speranza e gloria,
Fida nel tuo valor, ne la tua fè (3)·
De' cavi bronzi orribili
Udir farai tu 'l fremito
Contra l'orgoglio d'inimico Re.

ODE II.

LA PRISE DES ÎLES
DE LA MAGDELEINE.

La Patrie a les yeux ouverts sur toi, et contemple avec orgueil comment au premier aspect d'un appareil guerrier se révèle ton jeune courage. C'est ainsi qu'à l'aspect des armes d'Ulysse, le fils de Pélée trahit son ame belliqueuse.

O toi qui, dans un âge encore tendre, donnes déja de si hautes espérances de gloire, c'est sur toi seul que la Patrie, pleine de confiance dans ta valeur et dans ta fidélité, se repose du soin de diriger son tonnerre, et de foudroyer l'orgueil d'un roi ennemi.

Mille fendendo l'aere
Parton globi fulminei
Da l'uno a l'altro bersagliato suol:
Paventa il sardo Principe
I tuoi vibrati folgori,
E n'ha ragion, ch'onta ne soffre e duol.

Già gli è duopo di cedere
Munite rocche, e fertili (4)
Spiagge, sostegno del suo regno e onor.
Sorgi da l'urna gelida
Tu, che de l'ignea polvere (5),
Spesso infausta a virtù, fosti inventor (6).

Mira, com' Ei l'adoperi
Con arte nova e genio;
Vanne superbo, e profetando or dì:
Quante altre palme nobili
Questi col braccio vindice,
Anco per me, saprà mietere un dì (7)!

Ma poi che trasse l'Anglia
Seco quel duce incauto (8),
Lo sdegni, e voli Ei di Lutezia in sen.
De la Senna in sul margine
Lo adoreran le Gallie (9)...
Ahi che di quel ch' Ei fia predico io men!

Déja de rive en rive mille globes de feu étincèlent
et fendent l'air. A la vue de ces foudres enflammés,
le prince sarde s'épouvante, et prévoit sa honte et sa
défaite.

Le voilà contraint d'abandonner ses remparts et
ses fertiles plaines, honneur et richesse de son empire. C'est toi que j'évoque à présent, premier inven-
teur de cette poudre de feu dont les éclats ont si
souvent trahi le courage : ombre illustre, sors de ton
urne glacée :

Sors, et viens contempler avec quelle heureuse
adresse mon jeune Héros dirige ces foudres nouvelles. Mais quoi! tu triomphes, et ravi de joie, je
t'entends t'écrier : « Oh! combien, grace à moi, son
« bras vengeur moissonnera de lauriers! »

Cependant Albion est parvenue à ranger sous ses
étendards un chef imprévoyant : aussitôt NAPOLÉON
l'abandonne, et vole aux remparts de Paris. C'est là
qu'un jour le peuple innombrable des Gaules doit
lui élever des autels ; c'est là... Mais où vas-tu, Muse
indiscrète! il n'est pas tems de soulever encore le
voile de l'avenir.

NOTES DE L'ODE II.

(1)   Te contempla la Patria,
           Che a l'apparato bellico,
           Il marzial tuo scorge estro primier.

Napoléon se trouvait en Corse au moment où l'on se disposait à attaquer
la Sardaigne. A l'aspect de ces préparatifs de guerre, son génie, éveillé par
l'amour de la patrie, prend son premier essor, et se déploie aux yeux de la
nation assemblée. C'est dans ce moment d'enthousiasme que le poëte voit
son Héros, et s'écrie :

           Te contempla la Patria,
           Che a l'apparato bellico,
           Il marzial tuo scorge estro primier.

(2)   Così 'l figlio di Peleo,
           D'Ulisse a l'armi fulgide,
           Tutto il suo dispiegò spirto guerrier.

           Ah! chi vide finor armi più belle.

Métastase (Achil. à Sciros, act. II, scen. 7) peint ainsi ce mouvement
généreux d'Achille, par lequel ce héros se trahit lui-même, en préférant
les armes aux bijoux qu'Ulysse, déguisé en marchand, présenta aux dames
de la cour de Lycomède.

(3)   Fida nel tuo valor, ne la tua fè.
           Tu marito, tu padre;
           Ogni soccorso di tua man s'attende.
                                 (Petr. Ode VI.)

(4)   Già gli è duopo di cedere
           Munite rocche, e fertili
           Spiagge.....

Munite rocche. Le poëte veut parler du fort de l'île Saint-Etienne, l'une des îles de la Magdeleine. Elles sont situées entre la Corse et la Sardaigne : on en compte sept, qui sont, *Rizzola, Santa Maria, Budello, Spargi, Santo Stefano, Maddalena* et *Cabrera*. Leur ensemble présente une superficie d'environ deux myriamètres carrés, ou onze milles carrés d'Italie. — *Fertili spiagge.*

Opimas
Sardiniæ segetes feracis.
(HORACE, Ode XXX, l. I.)

(5)   . . . . de l'ignea polvere.

L'invention de la poudre est généralement attribuée à *Constantin Anclzen*, moine ; mais plusieurs savans en donnent la gloire à *Berthold Schvvartz*, qui enseigna le premier l'usage de la poudre aux Vénitiens, en 1380, dans la guerre qu'ils eurent contre les Génois. Cependant ce que raconte *Pierre Mexia*, dans ses Leçons diverses, que les Maures assiégés en 1343 par Alphonse XI, roi de Castille, lançaient des mortiers de fer qui éclataient avec le fracas du tonnerre, montre que l'invention de la poudre est antérieure à l'époque précitée. En effet, *Roger Bacon* eut connaissance de la poudre 150 ans avant la naissance de *Schvvartz*. Prenez, dit-il dans son Traité *de nullitate magiæ*, du soufre, du nitre et du charbon ; rassemblez-les dans quelque chose de creux, et ils feront plus de bruit et d'éclat qu'un coup de tonnerre.

(6)   Spesso infausta a virtù.

Le poëte semble avoir voulu renfermer dans cette courte sentence toute la pensée d'Arioste sur l'invention des bouches à feu :

Come trovasti, o scellerata e brutta
Invenzion, mai loco in uman core ?
Per te la militar gloria è distrutta ;
Per te il mestier de l' arme è senza onore ;
Per te è il valore e la virtù ridutta,
Che spesso par del buono il rio migliore :
Non più la gagliardia, non più l'ardire
Per te può in campo al paragon venire.

(Chant XI.)

1.   5

(7)   Quante altre palme nobili
Questi col braccio vindice,
Anco per me, saprà mietere un dì!

C'est au perfectionnement introduit dans l'artillerie par les soins du Héros, que les Français doivent une partie de ces éclatans succès que la postérité ne cessera d'admirer.

(8) Le général Paoli.

(9)   L'adoreran le Gallie. . . . . .

Un trait de pinceau du prince de nos poëtes remplira en partie cette réticence :

Le sue magnificenze conosciute
Saranno ancora, sì che i suoi nemici
Non ne potran tener le lingue mute.
(Parad. XVII.)

III.

LA RICUPERAZIONE   LA REPRISE
DI TOLONE.   DE TOULON.

Décembre 1793.

La Corse était en proie à la discorde, et les partisans de l'Angleterre y soutenaient la révolte. Napoléon avait refusé les offres les plus séduisantes et combattu les rebelles. Voyant ses efforts mal secondés, il revint en France au moment où Toulon se rendait à l'ennemi. Il entra, comme chef de bataillon, dans l'armée destinée à reprendre cette place dont, peu de temps après, on forma le siège. L'Anglais n'avait rien épargné pour en augmenter les fortifications. L'attaque commence : les dispositions prises par Napoléon, son intrépidité, son activité, donnent à l'artillerie un succès complet. Les redoutes sont emportées, et la ville est reprise, le 21 décembre 1793. Tant de bravoure valut au Héros, sur le champ de bataille, le grade de colonel et, à Toulon, celui de général.

Dans cette médaille, on voit un fort assiégé et, à quelque distance, des vaisseaux en rade. Napoléon ordonne aux soldats de monter à l'assaut. Les mots, TELONE MARTIO RECEPTO, signifient, *Toulon reprise.*

ODE III.

LA RICUPERAZIONE
DI TOLONE.

Non è, non è questa la via di giugnere
   A glorìosa meta (1):
L'avara d'Albìon prole nettunia
   Secura opponsi, e 'l vieta.

Tentiam, prodi, altre cure, arti si cambino:
   E a nostra eterna gloria,
E del nimico ad onta altero ed invido
   Avrem certa vittoria.

ODE III.

LA REPRISE DE TOULON.

Français, où courez-vous? Ce n'est point ainsi que vous triompherez d'Albion, et que vous cueillerez une palme glorieuse : voyez avec quelle sécurité ces orgueilleux enfans de la Tamise se rient de vos impuissans efforts!

Il faut tenter d'autres moyens, il faut se frayer de nouvelles routes, et bientôt, je le jure, à la honte de notre superbe ennemi et à notre éternelle gloire, nous déploierons dans ces murs nos enseignes victorieuses.

Disse il giovin guerrier, l'Eroe magnanimo:
    ȯ Quinci sue bellich' opre
Con libero sermone, ordin mirabile
    Altrui distingue, e scopre.

Fuggi, mostro crudel, dal macro e pallido
    Volto, e da gli occhi biechi (2):
Nulli saranno i tuoi ritardi e ostacoli,
    Che al bel trionfo arrechi.

Stassi confuso omai, s'accheta il perfido,
    E cede a la Virtude:
Mordesi invan; vola a celarsi rapido
    Ne l'infernal palude.

La già volubil diva, or ferma e stabile (3),
    AL GRAN NAPOLEONE
Offre il mietuto allor; gli sclama estatica:
    Per te cadde Tolone (4).

Su lo spalmato pin l'ondoso oceano
    Fende intanto 'l Britanno:
Lunge contempla con interno fremito
    E la vergogna e il danno (5).

Ainsi dit le jeune guerrier : et dans un discours où respire une noble franchise, ce magnanime Héros développe avec un ordre admirable et ses projets et ses moyens.

Mais quel est ce monstre à l'œil louche, au visage livide ? C'est l'Envie ! Loin d'ici, monstre cruel ! tous tes efforts seront vains ; tu ne saurais d'un seul instant retarder un si beau triomphe.

Humilié et confus, il se tait ; et, pour la première fois, on voit l'Envie le céder à la Vertu. Dans sa rage, le monstre se mord les lèvres, et vole cacher sa honte aux enfers.

Alors l'inconstante déesse, que le guerrier a su fixer, lui présente le laurier ; et dans son extase, elle lui souffle ces mots : « Toi seul as repris Toulon. »

Cependant, à l'abri de ses nombreux vaisseaux, l'Anglais fend les vagues de l'océan ; et, avec un frémissement secret, il contemple de loin sa honte et ses malheurs.

Ma tu chi sei, che ancor le insegne splendide
　　Ne spieghi dignitoso?
I'ti ravviso, non m'inganno, Eugenio,
　　Ne' secoli famoso! (6)

Al sen l'invitto Eroe vuol lieto ei strignersi,
　　Ch' è sua delizia e cura;
E grida: io stesso invan con forte assedio
　　Tentai quest' ardue mura.

Salve, Figlio immortal, salve: propizia
　　Sempre ti fia la sorte;
E al primo cenno de l'acciar fulmineo
　　T' ubbidirà la Morte.

L'udi l'Eroe: del sacro vaticinio
　　A l'auspicato evento
Strigner voleasi Ei pur.... ma strinse attonito
　　L'aura leggera, e il vento. (7)

Mais quelle est cette ombre qui dans ce pompeux
appareil se présente à nos regards? Ah! je crois te
reconnaître; et, si un prestige ne m'a point séduit, tu
es cet Eugène fameux, dont le nom vivra à jamais.

Mais quoi! l'ombre voudrait embrasser le Héros,
ses délices et sa joie; puis elle s'écrie: « c'est moi qui
« jadis avec une puissante armée assiégeai vainement
« ces remparts.

« Salut, immortel Héros, salut! Je te le prédis,
« jamais tu n'éprouveras la fortune inconstante; et
« au moindre mouvement de ton glaive foudroyant,
« on verra voler la Mort fidelle. »

Le Héros l'entendit, et accepta l'augure. Dans les
transports de sa reconnaissance, il voulut aussi l'embrasser; mais, étonné, il n'embrassa qu'une ombre
légère.

NOTES DE L'ODE III.

(1)   Non è, non è questa la via di giugnere
        A gloriosa meta.

La reprise de Toulon par les armées françaises est un des plus mémorables évènemens, une des plus éclatantes expéditions dont l'histoire ait consacré le souvenir. Par les moyens de défense extraordinaires que les Anglais avaient ajoutés aux fortifications de cette place, on la regardait comme inexpugnable. Outre la défense d'un triple fort, d'une double enceinte, d'un camp retranché, de deux mille hommes de troupes choisies, et des feux croisés de trois autres redoutes, une garnison de quatorze mille hommes, Anglais, Espagnols, et d'autres nations, occupait Toulon.

Ce fut à cette époque que le jeune NAPOLÉON, alors chef de bataillon, âgé de vingt-quatre ans, déploya les grandes qualités qui firent pressentir qu'il serait un jour le plus grand capitaine de notre siècle. On le vit remplir à-la-fois les devoirs d'officier, de soldat, de général. Comme officier, on le remarqua à l'attaque de la redoute du fort Pharaon, tout occupé de donner les ordres aux artilleurs français qu'il commandait, intrépide et calme au milieu des plus grands dangers, volant par-tout avec autant d'intrépidité que de sang-froid; comme soldat, lorsque parmi les canonniers épars sur la poussière et nageant dans leur sang, on le vit faire, avec le secours unique de ses deux bras, tout le service d'une pièce d'artillerie, chargeant, foulant et faisant enfin ce que faisaient ses soldats, avant d'être tombés sous le feu de l'artillerie ennemie; comme général enfin, lorsque son génie apercevant le vice des dispositions adoptées par les généraux, il eut le courage de blâmer leur conduite, et d'indiquer un nouveau plan d'attaque, le seul qui pouvait conduire les Français au triomphe. Le poëte, inspiré par ce moment si sublime et si glorieux, débute en faisant parler ainsi son Héros :

        Non è, non è questa la via di giugnere
        A gloriosa meta, etc.

(2)   Fuggi, mostro crudel, dal macro e pallido
        Volto, e da gli occhi biechi:

Les avis du jeune Napoléon furent d'abord rejetés, parceque l'envie fit regarder son ardent amour pour la patrie comme une présomption de l'orgueil ; mais la lumière perçant à travers les ténèbres de l'ignorance, son génie triompha , et le système d'attaque que Bonaparte avait proposé fut enfin adopté. — *Mostro crudel, dal macro e pallido volto, e da gli occhi biechi.*

>   *Pallor in ore sedet, macies in corpore toto,*
>   *Nusquam recta acies. . . . .*
>   (Ovide, Métamor. l. II.)

(3)   La già volubil diva.

C'est par une manière de s'exprimer plus propre aux poëtes qu'aux philosophes, que l'auteur de la Napoléonide fait présenter au Héros la palme de la victoire par la Fortune , car : *dux, atque imperator vitæ mortalium, animus est; qui ubi ad gloriam virtutis via grassatur, abunde pollens potensque et clarus est, neque Fortuna eget.* (Sallust. de bel. Jugurt.)

(4)   Per te cadde Tolone .

Le génie de Napoléon a déja triomphé ; le monstre de l'Envie est emporté par le désespoir dans les enfers ; Toulon est entre les mains des Français; et la Fortune , jusqu'alors indécise , offre au Héros le laurier de la victoire, en s'écriant :

>   Per te cadde Tolone ;

cris que la renommée et l'histoire feront retentir dans la postérité la plus reculée ; car ce fut réellement aux talens et à l'intrépidité de Napoléon que l'on doit les suites heureuses qu'eut pour la France la reprise de Toulon.

(5)   Lunge contempla con interno fremito
        E la vergogna e 'l danno.

Cette image est une imitation de ce beau tableau du Dante, où il nous peint, par un trait digne de lui, le malheureux qui , échappé à la fureur des ondes,

et parvenu sur le rivage, se retourne plein d'épouvante, et regarde avec
étonnement la mer et ses écueils :

> *E quale è quei che con lena affannata*
> *Uscito fuor del pelago alla riva,*
> *Si volge all' acqua perigliosa, e guata.*

(6)   I' ti ravviso, non m'inganno, Eugenio,
            Ne' secoli famoso !

En 1707, le prince Eugène fut contraint de lever le siège de Toulon, qui
n'était défendu alors que par ses fortifications ordinaires. Le poëte a profité de
cette circonstance pour mieux faire ressortir l'éclat de cette brillante expédition, en feignant que l'ombre de ce fameux guerrier vient féliciter le
Héros sur son triomphe.

(7)   . . . . . ma stringe attonito
            L'aura leggera, e il vento.

Virgile, au VIe livre de l'Enéide, dit, en parlant d'Enée, qui rencontre
l'ombre de son père aux champs-élysées :

> *Ter conatus ibi collo dare brachia circum,*
> *Ter frustra comprensa manus effugit imago,*
> *Par levibus ventis, volucrique simillima somno.*

Le Dante, au IIe chant du Purgatoire, après avoir reconnu l'ombre de
Casella, s'écrie :

> *Tre volte dietro a lei le mani avvinsi,*
> *E tante mi tornai con esse al petto.*

IV.

GALLIA
III·NON· OCT· CIƆIƆCCXCV·

IL GOVERNO DELLA MILIZIA   LE COMMANDEMENT DE L'ARMÉE
URBANA.   DE L'INTÉRIEUR.

Le premier soin de NAPOLÉON, dans son nouveau grade, fut d'améliorer la discipline. Désigné pour l'armée d'Italie, il démontra les vices de la tactique qu'on y avait adoptée, et travailla sans relâche à perfectionner les plans de campagne qu'il méditait depuis long-temps ; mais l'envie ne tarda pas à s'éveiller. Il quitta Nice, où il s'était rendu, et vint à Paris, en 1795. La capitale était alors un foyer de troubles. On vit dans NAPOLÉON le seul homme capable de réprimer toutes les factions, et on le nomma Commandant de l'armée de l'intérieur. Il fit respecter les lois, ramena l'ordre et assura la tranquillité publique. Ce commandement dura depuis octobre 1795 jusqu'en février 1796.

On voit, sur cette médaille, le Général à cheval dans l'attitude du commandement. La légende, ADSERTORI TRANQVILLITATIS PVBLICAE, et l'exergue, GALLIA III NON. OCT. CIƆIƆCCXCV, signifient, *La France au Défenseur de la tranquillité publique, le 5 octobre 1795.*

ODE IV.

IL GOVERNO DELLA MILIZIA
URBANA.

Che veggo, e ascolto! La sanguigna sete (1)
    Dunque ancor non è sazia?
E con torbide cure irrequìete
    Sì ancor dunque ne strazia?

Febo per duol l'ignivoma quàdriga (2)
    Con la destra invisibile
Torce: guatar non vuò l'intonso auriga (3)
    Il tristo caso orribile.

ODE IV.

LE COMMANDEMENT DE L'ARMÉE
DE L'INTÉRIEUR.

Que vois-je? ô malheureux! Ainsi donc cette soif de sang qui vous dévore n'est point encore assouvie! et votre rage, qui ne connaît point de repos, se prépare encore à nous déchirer!

Dans sa douleur, Phébus, d'une invisible main, détourne son char de feu: le divin conducteur ne saurait soutenir cet horrible spectacle.

Ma surge incontro de la Gallia a scampo
    Del novo Eroe la gloria :
Ha il fatal brando in mano ; al primo scontro (4)
    Avrà certa vittoria.

Pietoso splende già sereno il cielo
    De la Senna sul margine :
Il GRAN NAPOLEON col patrio zelo
    Saldo già oppose un argine.

Sorride Febo, e a i fervidi corsieri (5)
    Agita il freno d'auro,
E riede or lieto in grembo a i flutti iberi
    A far di se tesauro (6).

Sul divo plettro inno di gaudio accorda (7),
    E a l' opposto emisperio,
Che fur salvi per Lui così ricorda
    Parigi, e 'l Franco Imperio.

Mais pour le salut de l'Empire français, le Héros se lève ; la gloire le devance ; dans sa main brille le glaive fatal ; il paraît, la victoire est à lui.

Déja sur les rives de la Seine le ciel brille d'une clarté plus douce, depuis que, cédant au vœu de la Patrie, NAPOLÉON a opposé aux factions un rempart inexpugnable.

Transporté d'alégresse, Phébus agite le frein d'or de ses coursiers brûlans ; et, reprenant sa course accoutumée, il va de ses trésors enrichir les mers de l'Ibérie.

Bientôt il accorde sur sa lyre un hymne de triomphe, et raconte à l'autre hémisphère comment NAPOLÉON a sauvé Paris et l'Empire des Francs.

NOTES DE L'ODE IV.

(1) Le mètre de cette ode est le même que celui de la précédente , relativement au nombre et à la mesure des vers dont chaque strophe est composée ; mais elle en diffère par le rythme des petits vers. Ces vers , que les Italiens nomment *sdruccioli*, offrent beaucoup de difficultés , sur-tout lorsqu'on veut qu'ils se répondent par la consonnance de la rime. Mais ce mélange de vers est très propre à peindre les mouvemens de l'ame fortement émue, et produit un accord admirable.

. . . . La sanguigna sete, etc.

Une ligue redoutable ayant pour but de dissoudre le corps politique, s'élève tout-à-coup au milieu de la France. Bonaparte est appelé pour la combattre ; et par la sagesse de ses mesures, il suspend le cours de la vengeance, et parvient à ramener le calme et la paix.

(2)   Febo per duol l'ignivoma quadriga, etc.

Cette strophe nous rappelle les beaux vers dans lesquels Ovide peint l'horrible festin qu'Atrée fit préparer pour Thyeste :

Cressa Thyesteo si se abstinuisset amore ;
(O ! quantum est uni posse placere viro :)
Non medium rupisset iter, curruque retorto ,
Auroram versis Phœbus adisset equis....
(De Arte Amandi lib. I.)

Stace raconte qu'à la guerre de Thèbes , l'astre du jour se voila aux yeux des mortels :

Obruit Hesperia Phœbum nox humida porta
Imperiis properata Jovis , nec castra Pelasgum ,
Aut Tyrias miseratus opes , sed triste tot extra
Agmina , et immeritas ferro decrescere gentes.
(Thebaïd. liv. X.)

Virgile dit , en parlant de la mort de César :

> *Ille etiam extinctum miseratus Cæsare Romam ,*
> *Cum caput obscura nitidum ferrugine texit ;*
> *Impiaque æternam timuerunt sæcula noctem.*
>
> (Bucol. liv. I.)

Enfin , le Dante , à l'occasion de la mort du Christ , s'exprime ainsi :

> *Un dice , che la Luna si ritorse*
> *Nella passion di Cristo , e s' interpose ,*
> *Perchè 'l lume del sol giù non si porse :*
> *Ed altri , che la luce si nascose*
> *Da se : però agl' Ispani e agl' Indi ,*
> *Come a' Giudei , tale eclissi rispose.*
>
> (Parad. chant XXIX.)

—*Quadriga ;* char attelé de quatre chevaux de front. C'est du nombre des chevaux que l'on a formé les mots *biga , triga , quadriga.*

Ovide (Métamor. liv. II) nous donne le nom des chevaux du Soleil, dans ces vers :

> *Interea volucres Pyroeis , Eous , et Heton ,*
> *Solis equi , quartusque Phlegon hinnitibus auras*
> *Flammiferis implent, pedibusque repagula pulsant.*

(3) *Auriga ,* du latin *auriga (aureas agens) cocchiere.*

Les mots latins employés avec discernement et économie , semblent ajouter à l'expression une certaine grace , comme on le voit dans les écrits des maîtres de l'art ; cependant Horace blâmait avec raison Lucillus d'avoir abusé de cette liberté , en faisant entrer dans la composition de ses satires presque autant de mots grecs que de mots latins.

(4)   Ha il fatal brando in mano.

Fatale , donné par le destin : c'est pourquoi nulle force humaine ne peut lui résister. *Nihil arduum fatis.* (TACITE, Hist. liv. II.)

> *Al cui valore ogni vittoria è certa.*
>
> (TASS. Jerusal. chant II.)

(5)   Sorride Febo, e a i fervidi corsieri
        Agita il freno d'auro.

NAPOLÉON s'est présenté, et les ennemis de la patrie ont disparu de même que les oiseaux de la nuit aux premiers rayons du jour. Le ciel reprend sa sérénité, Phébus montre de nouveau son front rayonnant de joie et de lumière, et par les accords harmonieux de sa lyre, il va annoncer à tous les peuples de la terre que NAPOLÉON a sauvé encore une fois et Paris et l'Empire.

(6) *Far di se tesauro* (enrichir de soi-même). Cette expression hardie, mais cependant exacte, appliquée au soleil, signifie, *répandre les trésors de sa précieuse lumière.* Il semble que le poëte a eu devant les yeux ces beaux vers de la divine comédie :

      Veramente quant' io del regno santo
      Nella mia mente potei far tesoro,
      Sarà ora materia del mio canto.
                 (Parad. chant I.)

(7)   Sul divin plettro inno di gaudio accorda.

C'est ainsi que ce dieu, après la défaite des Géans, rendit graces au souverain de l'Olympe ; d'où l'Arioste, pour exprimer la difficulté d'atteindre par son chant à la hauteur de son sujet, dit :

      E volendone a pien dicer gli onori,
      Bisogna, non la mia, ma quella cetra
      Con che tu, dopo i gigantei furori,
      Rendesti grazia al regnator dell' etra, etc.
                 (Rolan. fur. c. III.)

V.

SPES · EXERCITVS · ITALICI

IL GENERALATO   LE COMMANDEMENT
DELL' ESERCITO ITALICO.   DE L'ARMÉE D'ITALIE.

Mars 1796.

L'ARMÉE d'Italie n'avait pas encore répondu aux succès des autres armées françaises. Depuis la campagne de 1792, on s'était borné à la prise d'Oneille, à celle du Col-de-Tende et à des incursions passagères dans le Piémont; les troupes, même après la victoire de Loano, étaient restées inactives sur les rochers stériles de la rivière de Gênes. Déja l'on avait reconnu le mérite des plans proposés par NAPOLÉON; l'exécution lui en fut confiée. Nommé général en chef, le 23 février 1796, il prit le commandement de l'armée, le 26 mai suivant. Il la trouva dans la plus grande détresse, et put à peine rassembler quarante mille hommes pour combattre quatre-vingt mille Allemands et Piémontais, maîtres des Apennins. Il harangua ses soldats, et en fit autant de héros.

CETTE allocution est le sujet de la médaille. On y voit le Général à cheval: devant lui sont trois porte-enseignes. La légende, SPES EXERCITVS ITALICI, signifie, *Espoir de l'armée d'Italie.*

I.   10

ODE V.

IL GENERALATO
DELL' ESERCITO ITALICO.

L'ITALIA a conquistar Duce son io (1)?
Me invoca Italia, il so : contro del fero (2)
Nimico assalitor me scorge un Dio
       Forte, e guerriero.

  Questa, mirate, è quella Italia stessa,
Che glorìosa, e di valor ripiena
Trasse la Gallia nel servaggio oppressa (3)
       D' umìl catena.

ODE V.

LE COMMANDEMENT
DE L'ARMÉE D'ITALIE.

Oui, je sauverai l'Italie; je l'entends qui m'appelle à grands cris, je la sauverai; j'en jure par cette puissante Divinité qui me couvre de son immortelle égide, et qui du fer ennemi saura détourner l'atteinte.

C'est encore, c'est encore cette même Italie qui jadis, sous les auspices de la Gloire, sut, par son courage et sa valeur, ranger le monde entier sous ses lois.

Ahi più quella non è! Torbido nembo (4)
Di estranie genti le conturba irato
L'ancor leggiadro maestoso grembo (5),
         Benchè piagato.

Ma scritto è in ciel, ch'io prole alfin di madre
Illustre tanto, osi pugnar: con voi
Si che potrò disciorle, elette squadre,
         I lacci suoi.

No, non temete le falangi ostili
Su gl'irti monti ad arrestarvi ardite:
Più voi non guidan duci compri e vili (6):
         Voi me seguite.

Oh spirto invitto ne l'april de gli anni (7),
I tuoi guerrier già tua virtude infiamma!
Lor strugge in seno i mal concetti affanni
         La bella fiamma.

Veggonti a destra la giustizia, e a manca (8)
Star la costanza, ed il coraggio innante
Girne a fugar de la paura bianca
         Il vil sembiante.

Mais quel changement, ô Dieux! Une nuée d'inso-
lens étrangers ose porter ses fureurs jusqu'au sein
de cette Reine déchue, dont le front, quoique baissé,
brille encore d'une douce fierté!

Mais il est écrit au livre des Destins qu'un rejeton
de cette illustre mère saisira ses armes et combattra:
ce rejeton, c'est moi; et, secondé par vous, élite des
guerriers, je briserai ses fers.

Non, non, ne craignez point ces phalanges ennemies qui du haut de leurs rochers escarpés vous osent
menacer. Vous n'avez plus à redouter ni lâcheté, ni
trahison; car c'est moi qui vous conduis.

O magnanime Héros! déja ton jeune courage enflamme le cœur de tes guerriers. Le beau feu qui
t'anime a passé dans leur ame, et dissipé en un moment toutes les vaines terreurs.

Ils voient marcher à tes côtés la Justice et la Fermeté, tes fidèles compagnes, et devant toi le Courage,
qui repousse au loin la Peur au visage pâle et défiguré.

Nobil corteggio, augurio almo e felice!
Ascolto il suon di bellicosa laude:
Già l' oste in cor secura, e vincitrice
Il Duce applaude.

Ils voient ce noble cortége, et ils en tirent un favorable augure. Tout le camp retentit du bruit de tes
louanges : une admirable sécurité s'est emparée de
tous les cœurs; et l'armée, déja victorieuse en espérance, applaudit à son digne chef.

NOTES DE L'ODE V.

(1)   · L'Italia a conquistar Duce son io?

Après que la valeur de NAPOLÉON eut ramené la paix au sein de la patrie désolée, le Directoire le nomma au commandement en chef de l'armée d'Italie. Cette époque mémorable ouvrit devant le héros une carrière remplie d'obstacles presque insurmontables, dans laquelle chaque pas fut un triomphe pour lui. Du haut des Apennins, il montre à ses soldats les délicieuses campagnes d'Italie, et les enflamme du desir de délivrer ce même peuple qui vit jadis le monde entier sous ses lois.

(2)   Me invoca Italia.

Voyez la sixième strophe de la première ode, où cette Reine éplorée invoque le secours du plus digne de ses enfans.

(3)   Trasse la Gallia nel servaggio oppressa
             D' umìl catena.

Ce discours semble au premier abord devoir plutôt inspirer aux soldats le desir de venger la honte de leurs ancêtres; mais le héros qui les enflamme de ses propres sentimens, détourne ce mouvement d'indignation contre les superbes oppresseurs du pays qui attend de sa main la liberté et la paix.

(4)   Ahi più quella non è!

     Passato è già più che 'l millesim' anno ,
     Che 'n lei mancar quell' anime leggiadre ,
     Che locata l' avean là dov' ell' era.
                 (PETRAR. ode VI.)
. . . . . Torbido nembo
D' estranie genti . . . . .

C'est une imitation de Pétrarque :

     O diluvio raccolto

Di che deserti strani
Per innondar i nostri dolci campi!
(Ode VII.)

ou bien de Virgile (Enéid. liv. VII):

Quanta per Idæos sævis effusa Mycenis
Tempestas ierit campos. . . . .

(5)   L' ancor leggiadro maestoso grembo,
                Benchè piagato.

Pétrarque a encore fourni cette idée dans ces vers de la même ode:

Italia mia, benchè 'l parlar sia indarno
Alle piaghe mortali,
Che nel bel corpo tuo sì spesse veggio.

(6)   Più voi non guidan duci compri e vili.

On lit dans Cicéron (De offic. liv. II) le trait suivant: *Præclare in epi-*
stola quadam Alexandrum filium Philippus accusat, quod largitione benevo-
lentiam Macedonum consectetur. Quæ te, malum, inquit, ratio in istam
spem induxit, ut eos tibi fideles putares fore, quos pecunia corrupisses?

(7)   Oh spirto invitto ne l' april de gli anni, etc.

Ainsi Pindare (Nem. ode V) profite de la circonstance de la jeunesse de
son héros pour relever l'éclat de sa victoire.

(8)   Veggonti a destra la giustizia, e a manca
                Star la costanza.

C'est le *Justum, et tenacem propositi virum* d'Horace; et c'est par là que
les héros de tous les tems se sont mis au-dessus du reste des humains.
Ecoutez encore le poëte philosophe:

Hâc arte Pollux, et vagus Hercules,

Enisus, arces attigit igneas :
Quos inter Augustus recumbens
Purpureo bibit ore nectar.

Hâc te merentem , Bacche pater, tuæ
Vexere tigres , indocili jugum
Collo trahentes. Hâc Quirinus
Martis equis Acheronta fugit.

(Ode II , liv. III.)

VI.

LE PRIME VITTORIE
IN ITALIA.

LES PREMIERES VICTOIRES
EN ITALIE.

Avril 1796.

LES Autrichiens, sous la conduite de Beaulieu, avaient, le 9 avril, ouvert la campagne par la prise de Voltri et, le lendemain, emporté toutes les positions des Français, à l'exception de Monte-Negino. NAPOLÉON fit bientôt repentir le vieux général de sa témérité. Le 11, il bat l'ennemi à Montenotte et franchit les Apennins; le 14, vainqueur à Millesino, il fait neuf mille prisonniers, et sépare les Piémontais des Impériaux; le 15, il enlève, une seconde fois, Dego à ces derniers, et leur déroute est complète. Les Piémontais sont forcés, le 16, à Ceva, et défaits, le 22, à Vico et Mondovi.

CETTE médaille représente Pallas sur une montagne. Elle porte dans la main droite une Victoire qui tient cinq couronnes; la main et le bras gauches de la déesse sont armés de la pique et du bouclier. La légende, MINERVA QVINQVIES VICTRIX, et l'exergue, AD MONTES STATIEL. ET VAGIEN. signifient, *Minerve cinq fois victorieuse sur les montagnes des Statielliens et des Vagéniens.*

ODE VI.

LE PRIME VITTORIE
IN ITALIA.

Vieni, o giovin Guerriero (1);
I' t' informai la mente a grandi imprese (2):
Sotto il mio saggio impero
Ben altri al colmo de la gloria ascese (3):
Ma fia ch' ogni altro superi
Tu che sculta mi tieni in mezzo al cor.

Nel ligure terreno
Vola incontro al nimico baldanzoso:
D' alpestre rocce in seno (4)
Mostra il valor ch' io 'n te serbava ascoso;
Per cui le Gallie e Italia
Un dì saranno al più sublime onor (5).

ODE VI.

LES PREMIERES VICTOIRES
EN ITALIE.

« Viens, ô jeune Guerrier, je t'ai formé pour de
« grandes choses : beaucoup d'autres sont parvenus
« sous mon empire au faîte de la gloire, mais tu les
« surpasseras encore, toi qui conserves mes maximes
« gravées dans ton cœur.

« Les champs de la Ligurie t'attendent : vole au-
« devant de ton superbe ennemi; le moment est venu
« de déployer au milieu des Alpes étonnées cette
« valeur et cette audace que j'ai mises dans ton sein,
« et qui doivent un jour combler d'honneur et la
« France et l'Italie.

Vola su le due sponde
De la Bormida, e più ratto del lampo (6)
Due fïate quell' onde (7)
Tingi col sangue de l' avverso campo:
Un breve asilo e misero (8)
Indarno altrove a ricercar ne andrà.

Là del Tanaro in riva,
E de l'Ellèro, in aspre pugne e fere (9),
Me tuo sostegno e diva,
Umilieranti al piede armi e bandiere;
Cittadi e rocche cedere
Il sardo Prence a tua virtù dovrà.

L' alma tritonia Dea
Disse; e d' allor le cinque ardue corone (10)
Ella intanto porgea
Al suo novello Eroe, NAPOLEONE:
Lieto fe' plauso Egioco,
E arrise l' immutabile Destin.

L' Eroe, cui ferve in petto
L'estro di Palla, e ch' ha il favor di Giove (11),
Snuda l' acciaro eletto,
E cento spiega bellicose prove;
Quindi tra il lungo giubilo
Que' serti adatta al giovinetto crin.

« Vole sur les deux rives de la Bormida, et, plus
« prompt que l'éclair, fais rougir deux fois ses ondes
« du sang des bataillons ennemis. C'est en vain qu'ils
« pensent trouver ailleurs un triste et misérable asile.

« Bientôt, protégé par moi, qui suis ta divinité, tu
« les verras sur les rives du Tanaro et dans les plaines
« de Mondovi, tu les verras, après plusieurs combats
« sanglants, déposer à tes pieds leurs armes et leurs
« étendards; et le Prince sarde sera contraint d'aban-
« donner à ton courage et ses villes et ses citadelles. »

Ainsi dit la sage Minerve, et cependant elle offre
cinq couronnes à son Héros, à NAPOLÉON. Elle dit, et
le maître des Dieux applaudit par un sourire aux
arrêts de l'immuable Destin.

Le Héros, rempli du feu de la Déesse, tire enfin,
sous les auspices de Jupiter, le glaive fatal, et s'illustre
par cent coups éclatans : puis, au milieu des transports de l'alégresse générale, il pose sur son jeune
front les cinq couronnes immortelles.

NOTES DE L'ODE VI.

(1) L'art par lequel le poëte a su renfermer en un si petit cadre un sujet si étendu, doit arrêter un instant l'impatiente curiosité du lecteur. Il s'agissait de décrire cinq combats qui se succèdent avec une telle rapidité, que la plume ni la langue ne pourraient les suivre.

> . . . . . *fu di tal volo*
> *Che nol seguiterla lingua, nè penna.*

Le poëte feint que Minerve découvre à son jeune élève les grandes choses qu'il doit opérer, et lui offre en même tems les couronnes dues à ses succès. Transporté d'alégresse, le Héros les reçoit, part, vole, arrive et triomphe.

Le rythme de cette ode, qui est tout-à-la-fois rapide et majestueux, est parfaitement d'accord avec la pensée de l'auteur.

(2)   *I' t'informai la mente a grandi imprese.*

Le poëte, en suivant strictement le fil et l'enchaînement des faits, revient quelquefois sur ses pas, pour mieux faire voir la correspondance des évènemens entre eux. Ici il ramène adroitement le lecteur à la première ode, où Minerve préside aux études du Héros. L'expression *informar la mente a una cosa*, signifie, *donner à l'ame toute l'aptitude, les dispositions et les moyens propres à une chose.* Ceci paraît une imitation d'Horace (liv. III, ode XXXIV):

> *Teneræ nimis mentes asperioribus formandæ studiis.*

Pétrarque a dit :

> *Lasso ! ma troppo è più quel ch' io ne 'nvolo*
> *Or quinci, or quindi, com' Amor m' informa.*
>   (Ode X.)

(3)   Sotto il mio saggio impero
                 Ben altri al colmo de la gloria ascese.

Sous l'égide de Minerve, Persée vainquit les Gorgones et coupa la tête de

Méduse; Bellérophon combattit la Chimère; Hercule se rendit immortel par ses glorieux travaux; Thésée affranchit sa patrie du tribut honteux qu'elle payait au Minotaure; Ulysse enfin obtint les armes d'Achille.

(4)   D' alpestre rocce in seno.

Le poëte fait ici allusion à la bataille de Montenotte, village situé sur le sommet des Apennins. La phrase, *alpestre rocce*, employée ici dans une signification générale, est tirée du Dante (Parad. VI):

> *Esso atterrò l' orgoglio degli Aràbi,*
> *Che diretro ad Annibale passaro*
> *L' alpestre rocce, Pò, di che tu labi.*

(5)   Un dì sarranno al più sublime onor.

Sarranno, au lieu de *saliranno*, est une syncope autorisée par le prince de nos poëtes, dans ces vers:

> *Com' è ciò? fu risposto: chi volesse*
> *Salir di notte, fora egli impedito*
> *D' altrui? o non sarria che non potesse?*
> (Purg. VII.)

(6)   . . . . . e più ratto del lampo.

Le Tasse, en parlant de Renaud, fait usage de la même expression pour peindre l'impétueuse rapidité de ce héros:

> *Rinaldo, il più magnanimo e il più bello,*
> *Tutti precorre; ed è men ratto il lampo.*
> (Jérus. déliv., chant III.)

(7)   Due fiate quell' onde
            Tingi col sangue de l'avverso campo.

Le poëte fait allusion à la brillante victoire de Millesimo, et à la reprise de Dego, tous deux situés sur les rives de la Bormida. La possession de Dego

assurait aux Français l'entrée de l'Italie, et coupait toute communication
entre les armées sarde et autrichienne.

(8)   Un breve asilo e misero
            Indarno altrove a ricercar ne andrà.

Après l'enlèvement de Dego, les Autrichiens s'acheminèrent vers Acqui
et Tortone, et repassèrent le Pô.

(9)   Là del Tanaro in riva
            E de l' Ellèro. .   .   .   .

Le poëte veut parler de la prise de Ceva, situé sur les rives du Tanaro,
et de l'entrée triomphante des Français à Mondovi, sur la rivière d'Elléro.

(10)   Le cinque ardue corone.

Par la seule épithète *ardue*, le poëte rappelle au lecteur les difficultés
sans nombre que Bonaparte a dû surmonter pour arriver à de si glorieux
succès.

(11)   .   .   .   .   e ch' ha il favor di Giove.

            Quem et benigno numine Jupiter
            Defendit, et curæ sagaces
            Expediunt per acuta belli.
                              (HORACE , ode IV. liv. IV.)

~~~~~~~~~~

VII.

LA PACE   LA PAIX

COL RE DI SARDEGNA.   AVEC LE ROI DE SARDAIGNE.

Mai 1796.

A peine Napoléon était-il descendu dans les plaines du Piémont, que, le 23 avril, le Roi de Sardaigne lui proposa une suspension d'armes. Le vainqueur en règle les conditions, et, sans perdre de tems, il poursuit sa marche triomphante. Le 25, il prend Cherasco, le 26 Fossano, et s'avance sur Turin. L'armistice est conclu le 28, moyennant la remise de Tortone et de Coni, et la paix fut signée le 15 mai suivant. Par une des conditions de ce traité, le Roi de Sardaigne renonça à tous ses droits sur la Savoie et sur les comtés de Nice, de Tende et de Breuil : il céda jusqu'à la paix générale les deux forteresses d'Alexandrie et de Suse, et s'obligea à démolir celles d'Exilles, de la Brunette, de Château-Dauphin et de Demont.

Cette médaille représente le Général assis, portant de la main droite un rameau d'olivier. Deux officiers sont derrière lui ; l'envoyé d'un roi vient le supplier. La légende, PAX SARDORUM REGI DATA, signifie, *Paix accordée au Roi de Sardaigne*.

ODE VII.

LA PACE
COL RE DI SARDEGNA.

D'onor, di gloria sproni magnanimi (1)
I sensi furono del formidabile
Italo Genio, ch' or l' armi galliche
Move co l' impeto di vento nordico (2).
Il segue celere Bertiero, e il fulmine
Di Marte ignivomo Massena intrepido,
E l' altro unanime drappello strenuo
De i duci provvidi: qua e là rovesciano (3)
I Sardo-Austriaci, ch' estinti cadono
Sul campo orribile di morte e strazio,
O ratti fuggono siccome partico (4)
Dardo per l' etera. Questi l' inanime

ODE VII.

LA PAIX
AVEC LE ROI DE SARDAIGNE.

Ces augustes paroles furent pour l'armée un noble
aiguillon de gloire; et tout-à-coup, avec l'impétuosité
d'un vent du nord, elle s'ébranle, et vole sur les pas
de son digne chef. Plus prompt que l'éclair, Berthier
le suit, accompagné de Masséna, ce foudre de guerre,
et de l'élite des autres chefs. Ils renversent pêle-mêle
les Austro-Sardes, qui jonchent de leurs morts ce
vaste champ de carnage, où qui fuient avec la rapidité d'un trait qui fend l'air. La Peur, au visage pâle,
à la chevelure désordonnée, précipite leurs pas, tandis

Terror da l'ispido crin spaventevole (5)
Sferza su gli omeri nel corso, e stimola;
E quei l'impavido coraggio indomito
Infiamma, ed agita, perchè vittoria
Intera s'abbiano, trionfo, e plauso.
Tal l'ebbe il gallico Guerriero; e simile
Mietuto lauro scinse l'Austriaco
Dal sardo Principe, che gela e palpita (6)
Sin dentro al regio suol, che la celtica
Dora, ed Eridano co l'onde fertili
Daccordo bagnano. Pace propizia
Implora ei supplice, che alfin d'Italia
L'Eroe concedergli volle benefico!
Ma lasci ei libera dal prisco imperio (7)
Per lei Sabaudia region nobile,
Che un dì le allobroghe genti abitarono (8),
Genti, che il punico feroce Annibale (9)
Minori al gallico popol di gloria
Non vide, o d'ampia merce e dovizia:
Per lei s'adornino rocche difficili (10)
Di novo splendido segno, che sventoli
De' Franchi a giubilo nel sen de l'aere;
O al suol s'adeguino strutte, nè siano (11)
Mai più d'ostacolo pe i tardi posteri:
E per lei gli orridi de l'Alpi, e inospiti
Gioghi sen restino scevri dal bellico
Furor, che crescere fè il duol, le ingiurie.

que, pleins de valeur et d'audace, les Français les poursuivent avec chaleur pour s'assurer une victoire complète.

Enfin, NAPOLÉON triomphe, et ce laurier qu'il vient de cueillir suffit pour détacher de la ligue germaine le Sarde, palpitant d'effroi au sein de sa ville royale, que baignent de leurs eaux fécondes la Dore et l'Éridan. Il implore la paix, et le Héros la lui accorde; mais avant de l'obtenir, il faut qu'il abandonne à jamais cette belle contrée, patrie autrefois des Allobroges, que leur courage et leur industrie firent regarder, par le farouche Annibal, comme de dignes rivaux du peuple gaulois.

A la voix du Héros, le drapeau français s'élève et flotte au sommet de ces hautes tours réputées invincibles: les forteresses tombent, et désormais n'offriront plus d'obstacles aux libres communications des deux peuples; et les Alpes sourcilleuses sont pour jamais à l'abri des fureurs d'une guerre qui avait enfanté tant de maux.

NOTES DE L'ODE VII.

(1) Le caractère d'harmonie et de noblesse de cette espèce de vers, leur rhythme imposant et guerrier, la rapidité de leur mouvement, égale à celle de la pensée même, naît de ce que la moitié des mesures qui entrent dans leur composition sont des mesures à deux tems, dont le premier est aigu, et les deux autres sont des tons graves, non divisés par aucun de ces intervalles ou soupirs qui ajoutent tant à la gravité et à la lenteur du vers.

(2)　　　　　Move co l' impeto di vento nordico.

Le poëte compare l'impétuosité avec laquelle NAPOLÉON poursuit les ennemis, à celle de l'Aquilon. Cette comparaison est juste, et le vers marche avec la force et la rapidité relative à la pensée ; mais, selon Quintilien, elle eût été parfaite, si le poëte avait choisi la foudre pour second terme de la comparaison :

Exquisitam verò figuram hujus rei deprehendisse apud principem Lyricum Pindarum videor in libro, quem inscripsit, ὕμνουσ : *Is namque Herculis impetum adversus Meropas, qui in insulâ Co dicuntur habitasse, non igni, nec ventis, nec mari, sed fulmini dicit similem fuisse, ut illa minora, hoc par esset, quod imitatus Cicero, illa composuit in Verrem. Venerabatur in Siciliâ longo intervallo, etc.* Mais Virgile, Horace, Stace, Pétrarque et le Dante, ont fait usage, pour la même circonstance, du même terme de comparaison.

Atri turbinis instar.
　　　　　(Enéid. liv. XII.)

. . . . . *vel Eurus,*
Per siculas equitavit undas.
　　　　　(Ode IV, liv. IV.)

. . . . . *pernicior alite vento.*
　　　　　(Thébaïd. liv. IV.)

E lei più presta assai che fiamma, o venti.
　　　　　(Triomph. de la chast.)

Di fredda nube non discèser venti,
O visibili, o no , tanto festini ,
Che non paressero impediti e lenti. . . . .
(Parad. VIII.)

(3)   . . . . Qua e là rovesciano
        I Sardo-Austriaci . . . . .

Après que Beaulieu eut culbuté toutes les positions sur lesquelles s'ap-
puyait le centre de l'armée française , il parut devant la redoute de Montenotte. Bonaparte, pendant la nuit, accompagné de Berthier et de Masséna ,
porte sur ce point les troupes de son centre , force Beaulieu à la retraite et
le chasse de Cuscaro et du Caillot ; bat les Autrichiens à Dégo et à Millesimo ; sépare les Impériaux des Piémontais, s'empare de Céva et entre vainqueur à Mondovi.

(4)   . . . . siccome partico
        Dardo per l' etera . . . .

        Non secus ac nervo per nubem impulsa sagitta
        Armatam sœvi Parthus quam felle veneni . . . .
        (Enéid. liv. XII.)

(5)   . . . . Questi l'inanime
        Terror dall' ispido crin spaventevole , etc.

Pausanias dépeint la terreur avec une tête de lion , un fléau à la main ,
et un vêtement de couleur changeante : *Timor Agamemnonis scuto insidet*
habens caput leonis ; et dans le même bouclier, on lit l'inscription suivante :

        Hic timor est hominum ; sed eum gestans Agamemnon.
        (Eliac. liv. V.)

(6)   Dal sardo Principe , che gela e palpita
        Sin dentro al regio seggio . . . .

Les succès de l'armée française ont porté l'épouvante dans la cour

I .   16

de Turin ; le Roi de Sardaigne implore la paix, et Napoléon la lui accorde.

(7)   Ma lasci ei libera dal prisco imperio
             Per lei Sabaudia region nobile.

La cession de la Savoie en faveur de la France fut une des conditions de cette paix, sanctionnée le 28 avril 1796.

(8)   Che un dì le allobroghe genti abitarono, etc.

Les Allobroges occupaient tout le pays qui s'étend depuis le lac de Genève le long du Rhône, jusqu'au confluent de ce fleuve et de l'Isère. Ces peuples sont fameux et par la victoire de Fabius, surnommé l'*Allobroge*, pour avoir tué leur roi près de l'Isère, et par la conjuration de Catilina, qu'ils découvrirent à Cicéron. Tite-Live les caractérise ainsi : Gens, *nulla bellica gente*, *opibus aut famá inferior.*

(9)   . . . . il punico feroce Annibale.

Horace (ode IV, liv. IV) appelle ce guerrier *dirus Afer;* et ailleurs (ode VI, liv. III) *Annibalemque dirum.*

(10)   E per lei varie rocche s'adornino
             Di novo splendido segno, etc.

Par une des conditions de cette paix, le Roi de Sardaigne renonça à tous ses droits sur la Savoie, les comtés de Nice, de Tende et de Breuil, et nous livra, jusqu'à la paix générale, toutes les citadelles qui regardaient nos frontières.

(11)   O al suol s'adeguino strutte, nè siano
             Mai più d'ostacolo pe i tardi posteri.

Napoléon voulut que les fortifications des citadelles occupées par les Français fussent démolies, sachant bien que *la vera e sola difesa non sono i legni, o le pietre con tutte l'altre cose insensate, ma lo animo valoroso, e la invitta virtù dell' uomo, che molto più faccia stima d' una minima particella d' onore, che di qualsivoglia cosa del mondo.* Tels ont toujours été les remparts et les armes de Napoléon; telles furent aussi celles des deux Scipions, dont l'orateur romain (Paradox. I): *Quid duo propugnacula belli Punici Gn. et P. Scipiones qui Carthaginensium adventum corporibus suis intercludendum putaverunt?* Voyez le chap. XX. du Prince, de Machiavelli.

VIII.

IL PASSAGGIO DEL PO.   LE PASSAGE DU PÔ.

L'ARMÉE autrichienne s'était retirée au-delà du Pô, et ce fleuve était le seul obstacle qui empêchât les Français d'entrer dans le Milanais. Tout portait à croire qu'ils tenteraient de le passer à Valence, dont ils étaient maîtres, et des mouvemens sagement combinés confirmaient Beaulieu dans cette opinion. Aussi le vit-on se fortifier sur le Tésin, tandis que NAPOLÉON conduisait secrètement une partie de ses troupes à Plaisance. Le 7 mai, elles y passèrent le Pô, et furent suivies, deux jours après, par le gros de l'armée. Cette manœuvre adroite déconcerta les projets de Beaulieu, rendit ses retranchemens inutiles, procura d'abondantes ressources aux Français, et amena, le 9 mai, un armistice avec le duc de Parme, qui jusqu'alors avait refusé la paix offerte par la France.

Le type de cette médaille offre une barque qui porte le Général et quatre soldats. Sur le devant, on aperçoit un fleuve près duquel est un cygne. La légende, TRAJECTUS PADI, signifie, *Passage du Pô*.

1.   17

ODE VIII.

IL PASSAGGIO DEL PO.

Dal sommo algente grembo del Vesulo (1)
L' ampio discende famoso Eridano (2)
Ad irrigar l' ameno
Italico terreno

L'ammiro i' colmo d' immenso giubilo (3):
Ei vanne altero, poichè sul celere
Dorso sostiene e regge
Chi al mondo darà legge (4).

ODE VIII.

LE PASSAGE DU PÓ.

Du sommet glacé du Vesule se précipite l'Éridan fameux, qui dans son cours arrose les belles campagnes de l'Italie.

Je le vois s'enfler, tressaillir, et rouler plus majestueux depuis que, sur son onde, il porte celui qui doit faire le destin de la terre.

Questi 'l tragitto compie sollecito,
E ne.la mente tai cose medita,
Che al nimico addurranno
Assai vergogna e danno (5).

Fama è, che intanto l' iperionia (6)
Incauta prole fuori de l' umido
Letto algoso surgesse,
E sclamando dicesse:

Men' or mi è grave d' aver l' ignivomo
Carro paterno spinto per l' etere:
Veggo per tal mia sorte
Il Giusto, il Magno, il Forte.

Odo le meste converse in arbore (7)
Suore col fido sacrato a Venere
Augel disciorre un carme
Al novo Dio de l' arme:

Su queste sponde poi che l' esercito
Trasse l' Eroe, vinti gli ostacoli
Son del valor germano
Col senno, e con la mano.

De l' alta sede de' Re d'Italia
Son breve inciampo gli sforzi inutili:
Abbatte anco il destino
Gli argini del Tesino.

Le Héros le franchit avec rapidité, et déja sa grande
ame médite des projets qui combleront son ennemi de
honte et de douleur.

On dit qu'en ce moment l'infortuné fils d'Hypérion, quittant sa couche de joncs, éleva sa tête humide
au-dessus des flots, et s'écria :

« Ah ! maintenant, j'ai moins de regrets d'avoir, au
« travers des cieux, égaré le char étincelant de mon
« père : sans ce malheur, je ne verrais pas aujour-
« d'hui ce grand et magnanime Héros. »

J'entends ses tristes sœurs, malgré leur métamor-
phose, entonner, avec l'oiseau cher à Vénus, un can-
tique de louanges à la gloire de ce nouveau Dieu des
combats.

A peine le Héros a-t-il conduit son armée sur l'autre
rive, que, graces à sa prudence et à son courage, les
Germains cessent de lui opposer une résistance inutile.

Tous les efforts de la ville royale ne sont pour lui
qu'un léger obstacle ; et bientôt (tel était l'arrêt du
sort) il voit tomber à ses pieds les remparts du Tésin.

Gelida tema turba lo spirito (8)
Del regal Prence signor de l' inclita
Città, che dal suo fiume
Il chiaro nome assume.

Gli dona pace l' Eroe magnanimo,
Che al giovin crine bel serto intrecciasi
D' un lauro di Gradivo,
E del cecropio olivo.

C'est alors qu'une terreur subite glace les esprits
du malheureux Prince qui donne des lois à cette belle
cité de Parme, ainsi nommée du fleuve qui baigne
ses murs.

Cependant le Héros, toujours magnanime, lui donne
la paix; puis il pose sur son jeune front une couronne
entrelacée du laurier de Mars et de l'olivier de Mi-
nérve.

NOTES DE L'ODE VIII.

(1) Il est bon de remarquer l'art avec lequel le poëte varie le rhythme de ses poésies, selon les différens sujets qu'il a à traiter. Les deux premiers vers de ces strophes sont des vers glissans ; les deux derniers sont des vers unis, se répondant par l'uniformité de la rime. De cette alternative de mouvemens forts et vifs, graves et soutenus, naît une harmonie séduisante qui émeut l'ame, et y porte les sentimens dont le poëte est lui-même affecté.

Dal sommo, etc.

Les deux premiers vers de cette strophe font entendre le mouvement de ce fleuve majestueux se précipitant du haut de sa source

Monte decurrens, velut amnis, imbres
Quem super notas aluere ripas;

et les deux derniers peignent ce même fleuve coulant majestueusement à travers les fécondes campagnes de l'Italie.

Vesulo.

Le poëte a italianisé le nom latin de cette montagne, *Mons Vesulus*, que l'on appelle communément *Monviso*, et que le Dante a appelée *Monte Veso*.

Come quel fiume ch' ha proprio cammino
Prima da Monte Veso in ver Levante.
(Inf. XVI.)

(2)   L'ampio discende famoso Eridano.

Padus, fluvius è gremio Vesuli montis, finibus Ligurum Gabiennorum visendo fonte proluens, condensque sese cuniculo, et in foro Juliensium agro iterum exoriens, nullo amnium claritate inferior a Græcis dictus Eridanus, pœná Phaëtontis illustratus. Augetur ad canis ortum, liquatis nivibus agris quam navigiis torrentior. (PLIN. lib. III, cap. XVI.)

(3)   L'ammiro i' colmo d'immenso giubilo.

Cette fiction me paraît très belle et très poétique. L'Eridan reconnaît le législateur du monde : fier de le porter sur son onde, il semble, par une marche altière, vouloir témoigner sa joie, et le respect que le Héros impose à la nature entière.

(4)   Chi al mondo darà legge.

Virgile dit de son héros : *Totum sub leges mitteret orbem.* (Enéid. liv. IV) ; et le Dante de César :

> *Colui ch' a tutto il mondo f'è paura.*
> (Parad. XI.)

(5)   Assai vergogna e danno.

> *Vidi verso la fine il Saracino,*
> *Che fece a' nostri assai vergogna e danno.*
> (Petr. Triomph. de la Renomm. chap. II.)

(6)   Fama è che intanto l'iperionia
        Incauta prole . . . . .

Hypérion, fils d'Uranus et frère de Neptune, fut père du Soleil; c'est pourquoi le Dante, en parlant de cet astre, dit :

> *L' aspetto del tuo nato, Iperione,*
> *Quivi sostenni . . . . .*
> (Parad. XXII.)

Hypérion est aussi le surnom du Soleil ; ce qui fait que le poëte désigne, par l'expression *iperionia prole*, le fils du Soleil, Phaëton. Celui-ci, entendant Epaphus lui reprocher de ne pas être fils du Soleil, alla, pour s'en assurer, trouver sa mère Clymène.

> *Qual venne a Climenè, per accertarsi*
> *Di ciò ch' aveva incontro a se udito,*
> *Quel ch' ancor fa li padri a' figli scarsi.*
> (Dante, Parad. XVII.)

Phaëton fut renvoyé par sa mere au Soleil, et obtint de conduire, pour un

1.   19

seul jour, le char de son père. Il le monte ; mais bientôt les chevaux ne recon-
naissant plus la main de leur maître, abandonnent leur route ordinaire.

> . . . . . . la strada,
> Che mal non seppe carreggiar Feton.
> (Dante, Purg. IV.)

Tantôt ils s'élèvent trop haut, et le ciel est embrasé ; d'où le Dante :

> Maggior paura non credo che fosse
> Quando Fetonte abbandonò gli freni,
> Perchè 'l ciel, come pare ancor, si cosse.
> (Inf. XVII.)

Tantôt ils descendent trop bas, et la terre desséchée jusqu'aux entrailles,
adresse ses prières à Jupiter, qui frappe d'un coup de foudre le fils du
Soleil, et délivre ainsi l'univers de la crainte d'un bouleversement général.

> Quel (carro) del Sol che sviando fu combusto,
> Per l'orazion della terra devota,
> Quando fu Giove arcanamente giusto.
> (Dante, Purg. XXIX.)

Phaëton, frappé de la foudre, est précipité dans l'Eridan.

> Intonat, et dextra libratum fulmen ab aure
> Misit in aurigam, pariterque animaque, rotisque
> Exuit . . . .
> At Phaeton rutilos flamma populante capillos,
> Volvitur in præceps, longoque per aera tractu
> Fertur . . . .
> Quem procul a patria diverso maximus orbe
> Excipit Eridanus, fumantiaque abluit ora.
> (Ovide, Métamor. liv. II.)

Il me semble que le poëte a su tirer un grand parti de cette fable, en
feignant que Phaëton tempère la douleur de son désastre, par la joie de
voir le plus grand, le plus juste, le plus puissant des héros.

(7)   Odo le meste . . . .

Les Héliades, sœurs de Phaëton, nommées Lampétie, Phaëtuse et Phœbée.

Elles pleurèrent quatre mois la mort de leur frère ; enfin les Dieux les méta-
morphosèrent en peupliers.

> *Tum Phaetontiadas musco circumdat amaræ*
> *Corticis, atque solo proceras erigit alnos.*
>   (Virg. Eglog. VI.)

Leurs larmes furent changées en grains d'ambre.

> *Quando fu pianto il fabuloso elettro.*
>   (Roland. fur. III.)

> Col fido sacrato a Venere . . . . .

Le cygne, oiseau consacré à Vénus. Cycnus, ami de Phaëton, inconso-
lable de sa perte, fut transformé en cygne sur les bords de l'Eridan.

> *E Cigno si vestì di bianche piume.*
>   (Roland. fur. III.)

(8)   Gelida tema turba lo spirito
             Del regal Prence, etc.

Le duc de Parme, qui avait donné jusqu'alors à la coalition ennemie, en
argent et en munitions, ce qu'il n'osait pas lui fournir ouvertement, effrayé
par les succès de NAPOLÉON et par le passage du Pô, exécuté près de la ville
de Plaisance, implora promptement l'amitié des Français ; et le Héros, de
cette même main qui allait lui lancer la foudre, lui présente l'olivier de
la paix, content d'avoir pu le vaincre et suivant le noble caractère de son
ame,

> *Parcere subjectis, et debellare superbos.*

IX.

LA BATTAGLIA   LE PASSAGE
AL PONTE DI LODI.   DU PONT DE LODI.

BEAULIEU, après avoir éprouvé, le 8 mai, un échec à Tombio, avait rangé toute son armée en bataille sur la rive gauche de l'Adda, en face de Lodi. Le 10 mai, NAPOLÉON arrive devant Lodi, s'empare de la ville, et se dispose à forcer le passage du pont, qui était défendu par une artillerie formidable. Son avant-garde eut bientôt culbuté les bataillons qui en défendaient les approches : l'armée marche vers le pont, en colonnes serrées et au pas de charge, sous un feu terrible. Il y eut un moment d'hésitation ; mais un regard du Héros fit disparaître tous les obstacles : le pont fut forcé, tous les retran-chemens emportés à la baïonnette, et une immense artillerie tomba au pouvoir des Français.

LE type de cette médaille représente un pont sur lequel on voit le Général, suivi de deux soldats, poursuivre à cheval deux ennemis qui fuient, et en terrasser un troi-sième. La légende, VICTORIA AD LAUDEM POMPEIAM, signifie, *Victoire de Lodi.*

ODE IX.

LA BATTAGLIA AL PONTE DI LODI.

Stassi il guerriero del regal Danubio (1)
    In su la sponda armato
De l'Adda, e guata il ponte, e vuol co i folgori
    Tentar l' ultimo fato.

Il tenti pur, chè i nostri cor non temono
    Gli eventi de la sorte:
Ma intorno a lui col ferro inesorabile (2)
    Passeggerà la morte.

ODE IX.

LE PASSAGE DU PONT DE LODI.

CEPENDANT les guerriers du Danube se retranchent sur les rives de l'Adda, défendent le pont, et, protégés par une immense artillerie, ils veulent tenter un dernier effort.

Ils le peuvent, mais malheur à eux! Nos cœurs sont sans crainte, et nos bras armés du fer inexorable feront voler autour d'eux la mort et les débris.

Da fier lungo digiuno arso e famelico (3)
    Sembra ogni Franco duce
Marmarico lion, che pingue vittima
    Strazi co l' unghia truce.

Sembra de i duci il Duce almo, invincibile (4)
    L' olimpico Tonante,
Che la titania possa opprima e fulmini (5)
    Con torbido sembiante.

E sembra il campo de la pugna orribile (6),
    Del suon vario a lo strido,
E a lo scoppiar de i cavi bronzi bellici,
    De l' Acheronte il lido.

Sorpassa il ponte la falange gallica (7)
    Co l' intrepido core,
E fugge, o esangue il debellato Austriaco
    La terra ingombra, e more.

L' equoreo stuol de le vezzose Najadi (8),
    Ch' entro le glauche celle
Trasse il timor, fuori or de l' onde braulie
    Spiega la membra snelle.

Tous les guerriers français sont comme autant de
lions qu'une faim dévorante aurait rendus plus ter-
ribles, et qui d'un ongle impitoyable déchireraient
leur victime.

Mais celui qui les commande ne peut être comparé
qu'au Jupiter tonnant alors qu'armé du foudre il précipite au fond de l'abyme les noires phalanges des
Titans.

Et aux cris qui retentissent sur ce champ de carnage, et aux éclairs qui jaillissent des bronzes enflammés, on se croirait sur les horribles rivages du Phlé-
géton.

Cependant, poussés d'une ardeur intrépide, les
Français passent le pont : l'ennemi vaincu prend la
fuite, et ce qui reste jonche la terre de morts et de
mourans.

La troupe aimable des Naïades, que la peur avait
fait rentrer au fond de leurs grottes humides, revient
maintenant à la surface de l'onde déployer ses
membres délicats.

Carole intesse, e al bel trionfo applaude,
  · E con gentil decoro
La prima Ninfa al Vincitor le tempie
  Cinge d'un altro alloro.

Pour célébrer un si beau triomphe, elles forment des chœurs de danse autour du Héros; et, avec une grace aimable, la premiere de ces Nymphes couronne d'un nouveau laurier le front du vainqueur.

NOTES DE L'ODE IX.

(1)   Stassi il guerriero del regal Danubio
        In su la sponda armato
        De l' Adda, etc.

Le passage audacieux du Pô sous Valence est à peine exécuté, que les
ennemis, vaincus et poursuivis avec la rapidité de la foudre, vont prendre
une forte position derrière l'Adda, rivière large et rapide, en face de la ville
de Lodi.

(2)   Ma intorno a lui col ferro inesorabile
        Passeggerà la morte.

La pensée d'Horace, *Mors atris circumvolat alis,* peut avoir fourni au
poëte cette belle image.

(3)   Da fier lungo digiuno arso e famelico . . . .

        Impastus ceu plena leo per ovilia turbans,
        Suadet enim vesana fames, manditque trahitque
        Molle pecus, mutumque metu fremit ore cruento.
                            (Enéid. liv. IX.)

La même pensée se trouve aussi dans la divine prose de l'un des trois
astres de notre langue: *Gerbino veggendo la crudeltà di costoro, quasi di
morir vago, non curando di saetta, nè di pietra, alla nave si fece acco-
stare. E quivi su, malgrado di quanti ve n' erano, montato (non altramente
che un leon famelico nell' armento de' giovenchi venuto, or questo, or quello
svenando, prima co' denti, e con l' unghie la sua ira sazia, che la fame) con
una spada in mano or questo, or quello tagliando de' Saracini, crudelmente
molti ne uccise Gerbino, etc.*

(4)   Sembra de i duci il Duce almo invincibile
        L'olimpico Tonante.

NAPOLÉON foudroyant les ennemis, ne pouvait être comparé qu'au Dieu

même de l'Olympe, à l'instant où il lance le foudre vengeur contre les audacieux enfans de la Terre. *Festus*, et plusieurs autres savans, pensent que
Jupiter arme sa main de trois différentes espèces de foudres. Par la première il avertit les mortels, par la seconde il les effraie, par la troisième il
les frappe de sa terrible vengeance.

> *Est aliüd levius fulmen, cui dextra Cyclopum*
> *Sævitiæ flammæque minus, minus addidit iræ.*
> *Tela secunda vocant superi.*

Voyez Tacite, Agr. n. 12, et An. liv. XIII. n. 17, 18, 23.

L' olimpico Tonante.

Le poëte peint ici Jupiter lançant le foudre vengeur sur les mortels
impies. C'est dans cette attitude que le prince des lyriques latins le dépeint
par ce trait sublime :

> . . . . *Fulminantis magna Jovis manus.*
>
> (Liv. III. ode III.)

Et ailleurs (liv. I. ode II)

> . . . . . . *et rubente*
> *Dexterá sacras jaculatus arces, etc.*

Le même tableau se trouve aussi au quatrième livre des Géorgiques de
Virgile. Comme le texte est connu de tout le monde, qu'il me soit permis
de le remplacer par la sublime traduction dont le célèbre Solari, professeur
de littérature grecque et latine à l'académie impériale de Gênes, et membre
de la légion d'honneur, enrichit aujourd'hui les fastes de la littérature italienne, et dans laquelle, on peut le dire avec vérité, ce savant

> *Mostrò quanto potea la lingua nostra.*

Ce juste tribut de vénération que je dois payer aux rares vertus et aux
talens de cet homme universel, sera bien cher sans doute à l'Italie entière,
mais sur-tout aux habitans de la superbe ville de Gênes, digne patrie de ce
grand homme.

> *Giove tra il fosco orror con man fiammante*
> *Fulmini avventa; al cui rimbombo il suolo*
> *Trema, fuggon le belve, e l'egre genti*

22

Scuote un freddo terror : coll' igneo telo
L' Ato, o il Rodope ei fere, o i gran Ceraunj, etc.

(5)   Che la titania possa opprima e fulmini.

　　. . . . *scimus ut impios*
Titanas, immanemque turmam,
　　Fulmine sustulerit caduco,
Qui terram inertem, qui mare temperat
Ventosum, et urbes, regnaque tristia,
　　Divosque, mortalesque turbas
　　Imperio regit unus æquo.
　　　　　　　　　(Horace, liv. III, ode IV.)

(6)   E sembra il campo de la pugna orribile
　　　　　Del suon vario a lo strido,
　　　　　E a lo scoppiar de i cavi bronzi bellici
　　　　　De l' Acheronte il lido.

Voici par quelles couleurs effrayantes le Dante dépeint cet horrible
fracas, ces cris de désespoir, ces hurlemens, auxquels l'auteur compare les
gémissemens et les plaintes des blessés et des mourans :

　　　　Quivi sospiri, pianti, e alti guai
　　　　　Risonavan per l' aer senza stelle,
　　　　　Perch' io al cominciar ne lagrimai.
　　　　Diverse lingue, orribili favelle,
　　　　　Parole di dolore, accenti d' ira,
　　　　　Voci alte e fioche, e suon di man con elle,
　　　　Facevano un tumulto, il qual s' aggira
　　　　　Sempre 'n quell' aria senza tempo tinta,
　　　　　Come la rena, quando 'l turbo spira.

(7)   Sorpassa il ponte la falange gallica
　　　　　Con intrepido core.

On ne trouve point dans les fastes militaires un projet si audacieux, un
aussi grand acte de courage, que l'enlèvement du pont de Lodi. Le passage
de ce pont était défendu par une artillerie formidable. Une colonne de

Français se présente sur le pont ; elle avance ; le feu ennemi devient plus violent ; la tête de la colonne paraît hésiter un instant, et aussitôt les généraux Berthier, Masséna, Cervoni, Dallemagne, et le chef de brigade Lasne, se précipitent à la tête des rangs et décident le sort encore en balance : le pont de Lodi est emporté, toute l'artillerie ennemie enlevée, l'armée éparpillée ; et ils sèment par-tout l'épouvante, la fuite et la mort.

(8)   L'equoreo stuol de le vezzose Najadi,
            Ch'entro le glauche celle
            Trasse il timor . . . . . .

Par cette heureuse fiction, le poëte fait succéder à la scène effrayante de ce terrible combat, les rians effets de la victoire. Le combat avait fait rentrer dans leurs grottes les Naïades épouvantées ; la victoire est décidée, et ces filles de Jupiter sortent de leurs retraites, viennent en féliciter le vainqueur ; et au milieu de leurs danses, leur reine pose sur la tête du Héros la couronne de la victoire. — *Najadi.* Horace (ode XXV, liv. III), parlant de ces Nymphes habitatrices des fontaines et des rivières, dit qu'elles sont de la suite de Bacchus. Virgile, au quatrième livre des Géorgiques, nous en fait connaître les noms.

Dal cupo algoso letto un suon la madre
Sentì. Traean cento a lei Ninfe intorno,
Carchi a vitreo color, milesii velli :
Drimo, e Xanto, e Fillodoce, e Ligèa,
Sparse il nitido crin pel collo eburno ;
Cidippe, e tu, Licori, ella non tocca,
Tu cui prestò la prima man Lucina ;
Clio, e Beroa la suora, ambe Oceaniti,
Ambe in pelli macchiate, e in aureo cinto ;
Efira, ed Opi, e Deiopèa lagustre ;
La veloce Aretusa allor senz' arco.
                        (Solari.)

X.

L'INGRESSO IN MILANO.   L'ENTRÉE DANS MILAN.

20 mai 1796.

Après la bataille de Lodi, Beaulieu se retira sur Pizzighitone. Napoléon l'y suivit de près, et fit investir et attaquer la ville, qui, après une vive canonnade, fut obligée d'ouvrir ses portes le 12 mai. Cependant l'ennemi fuyait vers Mantoue; la cavalerie française le poursuivait sans relâche; et bientôt Crémone, Pavie, Milan, et toute la Lombardie, sont au pouvoir des Français. C'est alors que Napoléon adressa à l'armée ces paroles mémorables : « Soldats, vous avez beaucoup fait ; mais ne vous reste-t-il rien à « faire? Dira-t-on que nous avons su vaincre, et que nous n'avons pas su profiter de la vic- « toire? La postérité nous reprochera-t-elle d'avoir trouvé Capoue dans la Lombardie?...»

Le type de cette médaille représente un guerrier à cheval, prêt à passer sous un arc de triomphe, au-devant duquel des citoyens viennent le recevoir. On voit derrière lui des soldats portant des enseignes. La légende, VICTOR MEDIOLANUM INGREDI-TUR, signifie, *Entrée triomphante dans Milan.*

ODE X. [1]

L' INGRESSO IN MILANO.

Vetusta insubre Donna, alma città (2),
    De l' italo Guerrier
    Mira il trionfo altier —, la maestà.

Al clangor de le trombe in grembo a te,
    Cinto da eletto stuol
    Di minor duci, a vol — reca il suo piè.

L' aura fruisci del beato dì :
    Il prisco tuo splendor (3)
    Per tanto Vincitor — riede così.

ODE X.

L'ENTRÉE DANS MILAN.

Aɴᴛɪǫᴜᴇ et noble cité des Lombards, lève-toi pour admirer le triomphe du Héros, et la majesté empreinte sur tous ses traits.

Au son bruyant des trompettes, le voilà qui accourt dans tes murs, entouré d'une vaillante escorte, élite des guerriers.

Jouis de ce beau jour : bientôt par les soins de ce conquérant magnanime ton antique splendeur va renaître.

Il Figlio de la gloria discacciò
  In guerra aspra e feral
  Col brando micidial — chi t' inceppò.

L' accogli lieta, e ne sii paga or tu:
  D' onor vieni a innalzar
  Il tempio, e 'l vivo altar — de la virtù (4).

Giura l' Eroe, prestagli pur tua fè,
  Che su l' italo ciel (5)
  Il dì senz' ombra e vel — splende per te.

Schiera di spenti ingegni il giuro udì (6),
  E profetando allor,
  Surta dal cupo orror —, sue labbra aprì:

Giove, o madre, da l' alto il decretò:
  Ei ti riserba alfin
  Il più bel serto al crin —, che t' onorò.

C'est lui, c'est ce fils de la gloire, qui, dans un combat sanglant et meurtrier, a de son glaive inexorable
repoussé au loin ceux qui t'avaient précipitée dans
les fers.

Ouvre-lui donc les bras, et fais éclater ta joie; car
il vient réédifier le temple de l'Honneur, et relever
les autels de la Vertu.

Le Héros l'a juré, et tu peux l'en croire : il a juré
que désormais sous le beau ciel de l'Italie tous les
jours se leveraient clairs et sereins pour toi.

Une foule d'ombres magnanimes, qui jadis avaient
habité ces belles contrées, entendit le serment; et,
sortant des tombeaux, elle élève en ces mots sa pro-
phétique voix :

« Ce jeune Guerrier, ô ma mère (ainsi l'a prononcé
« Jupiter du haut de son trône), ce jeune Guerrier
« ceindra ton front du plus beau diadème dont tu te
« sois jamais enorgueillie. »

NOTES DE L'ODE X.

(1) Le mètre que l'auteur emploie dans cette ode est un des plus difficiles. Chaque strophe est composée de quatre vers : le premier rime avec le quatrième, le second avec le troisième. Le premier vers de la strophe est composé de dix syllabes, et les deux vers intermédiaires de six syllabes ; le dernier vers est de quatre. Il n'est guère possible que les étrangers puissent sentir la difficulté de ces vers, et l'harmonie lente et majestueuse qui résulte de ce mélange admirable de tons graves et aigus.

La perfection de cette sorte de vers dépend sur-tout de savoir adapter au dernier vers de chaque strophe une pensée parfaitement d'accord avec le ton imposant qui lui est propre, et qui lui vient en grande partie du ton aigu qui termine le vers, où la voix s'élève, et où elle se repose pour donner le tems à la pensée de s'arrêter un instant sur le sujet de son admiration.

(2)   *Vetusta insubre Donna, alma città,*
         De l' italo Guerrier
         Mira il trionfo altier —, la maestà.

La célérité avec laquelle NAPOLÉON a su conduire à une fin si heureuse tant d'expéditions nous semblerait à peine possible, si nous n'étions témoins de ces prodiges. A cette marche rapide, ou plutôt à ce vol, il me semble qu'on ne saurait trouver un juste terme de comparaison, à moins de l'emprunter du divin Poëte, alors qu'il dépeint le vol de l'aigle au passage du Rubicon :

     Quel che fè poi ch' egli uscì di Ravenna,
         E saltò 'l Rubicon, fu di tal volo,
         Che nol seguiteria lingua, nè penna.
     In ver la Spagna rivolse lo stuolo :
         Poi ver Durazzo, e Farsaglia percosse
         Sì, ch' al Nil caldo si sentì del duolo.
     Antandro e Simoenta, onde si mosse,
         Rivide, e là dov' Ettore si cuba,
         E mal per Tolommeo poi si riscosse.

Da onde venne folgorando a Giuba :
Poi si rivolse nel vostro occidente,
Dove sentìa la Pompejana tuba.

(Parad. VI.)

Le triomphateur est reçu dans la ville de Milan au milieu des acclamations d'un peuple immense, également attiré par le bruit de ses exploits, et par le desir de payer à son libérateur un juste tribut d'amour et de fidélité.

— Vetusta insubre Donna . . . .

Pour ce qui concerne l'antiquité et l'origine de cette Reine de l'ancienne Insubrie, si fameuse par sa grandeur, par ses exploits, par ses malheurs et ses revers, mais aujourd'hui appelée à de plus grandes destinées par le héros qui lui a rendu son antique splendeur, et par le prince dans lequel brillent toutes les vertus de son auguste père, consultez Corio, Pline, Tite-Live, Florus, Tacite, Villani, etc.

— *Alma*, du latin *almus*, dérivé de *alere* (nourrir), exprime proprement cette puissance infuse dans un être de donner ou de maintenir la vie; il signifie aussi *salutaire, favorable, doux, bienfaisant, propice, saint, chaste, etc.* Ceux des Italiens qui ne connaissent pas le sens primitif de ce mot lui donnent souvent une signification tout-à-fait contraire à sa première origine.

— *Italo.* C'est ainsi que Scipion fut surnommé l'*Africain;* Q. Metellus Felix, *Macedonius;* un de ses fils *Numidicus. Quatenus Metelli Macedonici domus bellicis nominibus assueverat.* (L. FLOR. Bell. Balear. liv. III.)

(3)   Il prisco tuo splendor
         Per tanto Vincitor — riede così.

         Et Mediolani mira omnia, copia rerum,
         Innumerœ cultœque domus, fœcunda virorum
         Ingenia, antiqui mores, etc.

C'est ainsi que le poëte Ausone parlait de la ville de Milan à une époque où elle n'était pas encore arrivée à son plus haut degré de puissance.

(4)   D' Onor vienti a innalzar
         Il tempio, e 'l vivo altar — de la Virtù.

Il y avait à Rome deux temples, l'un consacré à la Vertu, l'autre à l'Honneur. On ne pouvait entrer dans le temple de l'Honneur qu'en passant par celui de la Vertu. Il est facile d'en deviner la cause.

On représentait la Vertu tantôt sous la forme d'une femme imposante, symbole du respect qu'on doit avoir pour cette divinité; tantôt sous les traits d'un homme armé, pour montrer son courage et sa constance.

Pour apprendre aux hommes qu'on ne peut parvenir à la vertu sans la sagesse, la fermeté, et la générosité, on la représentait aussi sous la figure d'un vieillard vénérable avec une longue barbe, appuyé sur une massue, couvert d'une peau de lion. La barbe était le symbole de la sagesse, fille de l'expérience; la massue, de la fermeté; la peau de lion, de la générosité du cœur.

Lucien, dans ses dialogues, fait une description effrayante de la Vertu. Il la dépeint triste, désolée, couverte de haillons, et maltraitée de la Fortune. Ainsi il ne lui était pas permis de paraître aux yeux de Jupiter.

La pensée de Lucien est parfaitement d'accord avec celle de la divine Beatrix, lorsqu'elle dit à Virgile :

     L' amico mio, e non della ventura.

(5)   Che su l'italo ciel
         Il dì senz' ombra e vel — splende per te.

     . . . . . *pulcher fugatis*
Ille dies Latio tenebris,
Qui primus alma risit odorea.

           (HORACE, liv. IV. ode IV.)

(6)   Schiera di spenti ingegni il giuro udì,
         E profetando allor, etc.

Le poëte, par cette fiction, veut rappeler au lecteur la foule des grands hommes qui, par la gloire des armes, des lettres, et des sciences, ont illustré cette ville fameuse.

XI.

LA BATTAGLIA DEL MINCIO.   LA BATAILLE DU MINCIO.

30 mai 1796.

Après l'évacuation de la Lombardie, le général Beaulieu se retrancha derrière le Mincio, où il prit une forte position. Le 28 mai, le général Bonaparte porta son quartier-général à Brescia; et, par des mouvemens sagement combinés, il fit croire à Beaulieu qu'il voulait lui couper le chemin du Tyrol, en passant par Riva. Le 29, le général Augereau était à Desenzano, le général Masséna à Monte-Chiaro, et le général Serurier à Monza. A deux heures après minuit, toutes les divisions se mirent en mouvement dirigeant leur marche sur Borghetto, forcèrent le pont malgré la résistance la plus opiniâtre, et s'emparèrent de Vallegio au moment où le général Beaulieu venait d'en sortir. L'ennemi perdit dans cette journée quinze cents hommes et cinq cents chevaux.

Le type de cette médaille représente deux guerriers, dont l'un à cheval poursuit un ennemi qui fuit de l'autre côté d'un fleuve. La légende, HOSTIS TRANS ATHESIM REIECTUS, signifie, L'ennemi rejeté de l'autre côté de l'Adige.

1.   25

ODE XI.

LA BATTAGLIA DEL MINCIO.

Chi 'l fetontiaco Po (1),
  Chi l' Adda vinse e il ponte,
  Oggi temer non può
  Il Mincìo ed il German, che stangli a fronte.

Ei non arresta il piè,
  Ma varca impetuoso
  Con la virtù ch' ha in se
  Del volteggiante flutto il letto algoso.

ODE XI.

LA BATAILLE DU MINCIO.

Celui qui triompha de l'Éridan, et qui subjugua l'Adda, ne verra point le Mincio arrêter sa course : que peut-il craindre de cette nuée de Germains qui tentent de s'opposer à son passage ?

Il ne délibère point ; mais, entraîné par son courage, il franchit avec impétuosité le fleuve qui roule ses ondes sur un lit de joncs.

L' Austro, che rimirò
  Il nembo che avea contro,
  Trepido rammentò
  De l' Adda il micidial orrido scontro.

Pallido vecchio uscì (2)
    D' angusta chiostra oscura,
    E rapido sen gì
    A suscitargli in cor viltà e paura.

Era il timor: non più
    Ei tiensi fermo in campo,
    E un' altra volta fu
    Col piè costretto a mendicar lo scampo.

Peschiera allor cadè (3),
    Cesse Vallegio (4), e un vano (5)
    Asil breve si fè
    Dietro l' Adige ameno il fier Germano.

Il Vincitore andrà
    Tosto a incalzarlo altero:
    Bevendo intanto sta (6)
    L' onda del Mincio il gallico destriero.

L'ennemi, qui aperçoit l'orage prêt à fondre sur lui, s'épouvante : il rappelle à sa mémoire le funeste et sanglant combat des rives de l'Adda.

En ce moment un vieillard, pâle et défiguré, sortit de l'antre obscur qui lui servait de retraite, et courut dans les rangs ennemis semer la crainte et la terreur.

C'était le monstre de la Peur, qui avait emprunté les traits et la démarche d'un vieillard. Bientôt l'ennemi ne se croit plus en sûreté dans son camp, et pour la seconde fois il cherche son salut dans la fuite.

C'est alors que Peschiera et Vallegio ouvrent leurs portes; et, toujours battu, le fier Germain ne trouve d'asile que derrière l'Adige, où il se retranche à la hâte.

Bientôt le vainqueur l'y suivra; et cependant les Français restent paisibles possesseurs des rives du Mincio.

NOTES DE L'ODE XI.

(1)   Chi 'l fetontiaco Po,
                  Chi l' Adda vinse . . . .

Après la bataille à jamais mémorable de Lodi, les débris de l'armée autrichienne, commandée par Beaulieu, avaient reculé jusqu'au-delà du Mincio,
où ils prirent une forte position pour défendre le passage de la rivière. Mais
quel obstacle pouvait être le Mincio contre une armée qui avait passé le Pô,
le Tésin, et l'Adda, et avait franchi aussi rapidement tous les boulevards de
l'Italie? Bonaparte a résolu de passer le Mincio à Borghetto ; il dirige son
armée sur ce point. La cavalerie, flanquée par les carabiniers et les grenadiers, met en déroute la cavalerie ennemie, forte de dix-huit cents chevaux, ainsi que l'avant-garde, forte de trois à quatre mille hommes, qui
défendaient toutes les approches de Borghetto. Les Autrichiens passent le
pont, et en coupent une arche. L'artillerie légère engage aussitôt la canonnade ; et, pendant que sous le feu des batteries ennemies, on travaille à la
réparation du pont, cinquante grenadiers, frémissant d'ardeur et d'impa-
tience, s'ouvrent une nouvelle route à travers les flots. Déja ils touchent la
rive opposée : les Autrichiens pensent voir venir la terrible colonne de Lodi,
et dirigent sur elle tous les feux de l'artillerie. L'armée redouble de courage,
et, bravant les dangers et la mort, passe le pont, s'empare de Vallegio, entre
dans Peschiera, et force les Impériaux à une retraite précipitée.

                  — 'l fetontiaco Po.

              Et Phaethontaei qui petit arva Padi.
                          (Mart.)

(2)   Pallido vecchio uscì
                  D' angusta chiostra oscura, etc.

Obligé de répéter les mêmes effets, le poëte cherche adroitement à varier
les causes qui les produisent. Nous avons vu à la sixième ode la Peur poursuivre les ennemis le fléau à la main. Ici la même puissance est représentée

sous la forme d'un vieillard, pâle, décharné, qui, sortant de son asile obscur, porte l'effroi dans tous les cœurs, et force les Autrichiens à chercher leur salut dans la fuite.

On ne doit pas s'étonner de voir des guerriers atteints de la peur, puisque les capitaines même les plus intrépides, des armées, et des villes entières, ont été quelquefois surpris par cette étrange passion.

Un des plus beaux génies du monde, le profond Montaigne, dit à ce sujet : « En la première bataille que les Romains perdirent contre Annibal, « sous le consul Sempronius, une troupe de bien dix mille hommes de pied, « qui print l'espouvante, ne voyant ailleurs par où faire passage à sa las- « cheté, s'alla jetter au travers le gros des ennemis : lequel elle perça d'un « merveilleux effort, avec grand meurtre de Carthaginois : achetant une « honteuse fuite, au mesme prix qu'elle eût eu une glorieuse victoire. »

(3)   Peschiera allor cadè.

Les Autrichiens occupaient la forteresse de Peschiera, situation très impor-tante, que les Vénitiens leur avaient permis d'occuper. Une division de Français se porta sur cette place, et la trouva évacuée par l'ennemi.

(4)   Cesse Vallegio . . . .

Beaulieu avait établi son quartier-général à Vallegio.

(5)   . . . . . e un vano
Asil breve si fè
Dietro l' Adige ameno il fier Germano.

Les Autrichiens, poursuivis par nos troupes, allèrent chercher une retraite derrière l'Adige.

(6)   Bevendo intanto sta
L' onda etc.

Le poëte exprime ici la paisible possession de la rive conquise par les Français.

XII.

LA DIFESA DI LIVORNO.   LA DÉFENSE DE LIVOURNE.

29 juin 1796.

TANDIS qu'une division de l'armée anglaise occupait Bologne, Ferrare, et Faenza, une autre division se portait de Reggio sur Pistoja, d'où elle menaçait de se rendre à Rome, par Florence; mais sa véritable destination était pour Livourne. Les Anglais avaient pris possession du port de Livourne, et en avaient fait l'entrepôt de leur commerce dans la Méditerranée; et Bonaparte espérait s'emparer d'une partie de leur flotte. Le général Murat commandait l'avant-garde, et le général Vaubois le reste de la division. Le 29 juin, les Français parurent aux portes de Livourne; une frégate anglaise en sortait, et fut canonnée; mais il n'était plus tems: quelques heures auparavant, plus de quarante bâtimens anglais, richement chargés, étaient sortis du port.

LE type de cette médaille représente un jeune guerrier armé, couvrant de son égide une jeune femme appuyée sur un gouvernail, et portant la couronne murale. La légende, LABRONEM TUTATUR, signifie, *Il protége Livourne.*

ODE XII. [1]

LA DIFESA DI LIVORNO.

In su la regia sponda era de l'Arno (2),
  Leggi d' amore al patrio suol dettando,
  Allor che sì parlò, nè parlò indarno,
    Il buon Fernando.

Del mar tirreno a la suggetta spiaggia,
  Che presso ascolta il bellicoso carme,
  Duce, non fia, scampo a recar, ch' i' m' aggia
    Bastevol' arme.

ODE XII.

LA DÉFENSE DE LIVOURNE.

Le magnanime Ferdinand dictait alors ses douces lois à ce bon peuple qui habite les rives de l'Arno. Tout-à-coup il éleva la voix, et sa prière fut entendue :

« Généreux Guerrier, s'écria-t-il, tu le vois, je n'ai « point assez de bras pour défendre, contre un ennemi « dont on entend déja les cris, les belles plaines que « baigne la mer de Toscane.

Rammento ancor d' Hervey l' anglico orgoglio (3),
  Quando mi strinse, e ingiuriar volea
L' avito onore de l' etrusco soglio
    Con onta rea.

Udillo il Duce : Ah no! temer non dei :
  Difenderanno la liburnea sede (4)
I gallici vessilli, i guerrier miei :
    T' offro mia fede.

Lunge 'l nimico su gl' ingordi abeti
  Ad isfogar n' andrà gli sdegni sui
Per l' ampio sen de la cerulea Teti
    Col pianto altrui.

Disse, e tal fu. Sgombra l' ambito porto
  Il nordico Isolan, fugge; ed il Gallo
  Colà tra i plausi, ed il comun conforto
    Difende il vallo.

M' odi, spirto britanno : Un tempo i' vidi (6),
  E piansi allor per duolo intenso e grave,
Arder, perir presso i medesmi lidi
    La bella nave.

« Je n'ai point oublié quel est l'orgueil anglais; il
« me souvient encore d'Hervey, de ses menaces, et
« de ses outrages, alors que lâchement barbare il
« tenta d'avilir l'antique honneur du trône d'Étrurie. »

« Rassure-toi, répond le Héros; les Français accou-
« rent pour te défendre, et Livourne sera sauvée, je
« t'en donne ma foi.

« Bientôt, à l'abri de ses vaisseaux, le farouche
« Anglais ira sur le vaste sein de la blonde Téthys,
« exhaler au loin sa rage, qui ne sera fatale qu'à ses
« amis. »

Il dit, et les galères ennemies s'éloignent du port
tant desiré; et, au milieu des chants de l'alégresse et
de la publique joie, les Français prennent possession
des remparts.

Anglais, écoutez-moi : Naguère je vis, et j'en versai
des larmes de douleur, je vis sur ce même rivage
périr consumé par les flammes un de vos superbes
navires.

S'avido ancor tronchi la bella speme
    Di pace, e àncor non vuoi frenar lo sdegno,
Arderà, perirà con essa insieme
      Ogni tuo legno.

Pavento, ohimè! che 'l giusto priego accolga,
    Ch'usi la man robusta, e 'l pronto senno,
E che su te gl'ignei suoi strali volga
      Il Dio di Lenno.

Mais si dans votre fureur avide vous étouffez toute espérance de paix; si vous ne voulez imposer aucun frein à votre orgueil, il périra, et avec lui périra et se consumera votre dernier navire.

Oh! combien je tremble que le Dieu de Lemnos n'exauce ma juste prière, et que d'une main sûre et terrible il ne fasse pleuvoir sur vous une grêle de traits enflammés!

NOTES DE L'ODE XII.

(1) Le mètre de cette ode est le même que celui de la cinquième. Trois vers de onze syllabes et un de cinq composent chaque strophe ; la rime est alternative.

(2)   In su la regia sponda era de l'Arno ,
          Leggi d' amore al patrio suol dettando ,
          Allor che sì parlò , nè parlò indarno ,
          Il buon Fernando.

Bonaparte se disposait à repousser les ennemis au-delà du Tyrol, lors-qu'il fut arrêté dans sa marche pour aller chasser de Livourne les Anglais, qui ne cessaient d'insulter le pavillon français. Comme il n'était pas au pouvoir du Grand-Duc de les réprimer, et de maintenir sa neutralité, il fallait repousser la force par la force. Bonaparte prévint le Grand-Duc des mesures qu'il allait prendre , lui en fit sentir la justice et la nécessité, l'assu-rant que l'armée se conduirait d'après les principes de la plus sévère neu-tralité, et que les propriétés du souverain et de ses peuples seraient respectées.

L'histoire a justement consacré le souvenir de la conduite franche et loyale de Ferdinand. Vivement sollicité de se retirer à l'approche des Fran-çais, il ne prêta point l'oreille à ses perfides conseillers, et demeura dans sa capitale, se reposant sur la loyauté française. Cette noble conduite mérita au Grand-Duc l'estime du vainqueur.

— In su la regia sponda era de l'Arno.

C'est ce fleuve que le Dante appelle *fiume real*, et dont il nous a laissé une description dans ces vers admirables :

Che dal principio suo (dov' è sì pregno
L' aspestro monte, ond' è tronco Peloro ,
Che 'n pochi luoghi passa oltra quel segno)

Infin là 've si rende, per ristoro
Di quel che 'l ciel della marina asciuga,
Ond' hanno i fiumi ciò che va con loro,
Virtù così per nimica si fuga
Da tutti, come biscia, o per sventura
Del luogo, o per mal uso che gli fruga :
Ond' hanno sì mutata lor natura
Gli abitator della misera valle,
Che par che Circe gli avesse in pastura.
Tra brutti porci più degni di galle,
Che d' altro cibo fatto in umano uso,
Dirizza prima il suo povero calle.
Botoli truova poi, venendo giuso,
Ringhiosi più che non chiede lor possa,
E a lor disdegnosa torce 'l muso.
Vassi caggendo, e quanto ella più 'ngrossa,
Tanto più truova, di can farsi lupi,
La maladetta e sventurata fossa.
Discesa poi, per più pelaghi cupi,
Truova le volpi sì piene di froda,
Che non temono ingegno che l' occupi.

(Purg. canto. XIV.)

(3)   Rammento ancor d'Hervey l' anglico orgoglio,
         Quando mi strinse . . . .

En cette occasion, Hervey porta l'audace jusqu'à vouloir prescrire au Grand-Duc de se décider en quelques minutes.

(4)   . . . . . . la liburnea sede . . . . . .

Livourne, ville nouvelle et fameux port de mer en Toscane, n'était d'abord qu'un petit bourg mal-sain, à cause des eaux croupissantes et des marais environnans. Elle a appartenu aux Pisans, puis aux Génois, qui la changèrent pour Sarzane, et enfin aux Florentins : mais Cosme de Médicis la réunit à la Toscane. Les grands-ducs François et Ferdinand l'ont entourée de murailles, et munie de forts.

(5)   . . . . . . ed il Gallo
Colà tra i plausi, ed il comun conforto
Difende il vallo.

Un moment d'épouvante surprit les habitans de Livourne à l'approche des Français ; mais ils furent bientôt rassurés , et ils trouvèrent en eux des défenseurs et des amis. On laissa dans la ville une forte garnison , et le général Vaubois pour y commander.

(6)   . . . . . . un tempo io vidi,
E piansi allor per duolo intenso e grave,
Arder . . . . . .

Le poëte fait allusion à l'incendie d'un vaisseau anglais arrivé devant Livourne en 1800 ; un très petit nombre de ceux qui le montaient put échapper : le poëte lui-même en fut témoin. Il profite adroitement de cet événement du hasard , et feint que ce fut un effet de la vengeance céleste.

XIII.

LA PACE COI PRINCIPI D'ITALIA.   LA PAIX AVEC LES PRINCES D'ITALIE.

Juin 1796.

BONAPARTE couronna ses premiers succès en Italie en accordant la paix à tous les princes qui la lui demandèrent. Il osa parler du chef de l'église avec une vénération profonde, et le conserva sur un trône où lui seul, dans de telles circonstances, pouvait encore le maintenir. Le pape céda à la France les légations de Bologne et de Ferrare, et toutes les côtes maritimes du golfe Adriatique, depuis les bouches du Pô jusqu'à la citadelle d'Ancône. Bientôt Naples et Venise suivirent cet exemple; et, l'Italie ainsi pacifiée, Bonaparte n'eut plus à s'occuper que de poursuivre les armées autrichiennes, qui lui promettaient de plus glorieuses victoires.

Le type de cette médaille représente l'Italie sous la figure d'une femme, portant la couronne murale sur la tête, et une corne d'abondance dans sa main gauche. Un guerrier lui présente des palmes. La légende, PAX ITALIAE PRINCIPIBUS REDDITA, signifie, *Paix accordée aux Princes d'Italie.*

ODE XIII.

LA PACE COI PRINCIPI D' ITALIA.

Su l' ali de la Gloria (1)
    Il Fior de' grandi Eroi
    Omai trascorre celere
    Da i campi d'occidente a i liti eoi (2).

Gl' itali Prenci ammirano
    I fulgidi splendori :
    Chinan le fronti pavide
    A i mietuti da Lui bellici allori.

ODE XIII.

LA PAIX AVEC LES PRINCES D'ITALIE.

Portée maintenant sur les ailes de la Gloire, la renommée du plus grand des Héros vole des champs de l'occident jusqu'aux climats où naît le jour.

Frappés de l'éclat qu'elle jette au loin, les souverains de l'Italie humilient leurs fronts à l'aspect des lauriers que le Héros vient de cueillir.

30

Al Duce formidabile
  Con la virtù sagace
  Umilemente chieggono (3),
  Ed anno in don la desìata pace.

Pace sul biondo Tevere (4)
  Implora il Sesto Pio,
  Cui non sarà che l' invido
  Veglio faccia onta con l' edace obblio.

Pace il lion de l' Adria (5),
  Ch' or le sue forze ha dome,
  Solo d' aver già conscio
  Un' ombra appena de l' antico nome:

E de l' ardente Apulia (6),
  E del gentil Sebeto
  Il Regnator borbonico,
  Che racchiudea nel sen spirto inquìeto.

O Pace, e quando riedere
  Potrai d' Europa in grembo,
  Su noi piovendo facile
  Amiche giojè dal divin tuo lembo?

Ils tombent aux pieds de ce chef intrépide, que d'un pas fidèle accompagne la Vertu, et obtiennent ainsi la paix desirée.

Sur les rives du Tibre il implore la paix, ce Pontife magnanime, dont le Tems, de sa dent impitoyable, ne dévorera pas la mémoire.

Il demande la paix, ce fier lion de l'Adriatique : forcé de s'avouer vaincu, il ne peut se dissimuler que de son antique renommée il ne lui reste plus qu'une ombre.

Il demande la paix, ce Prince qui donne des lois à l'ardente Apulie et à ces riantes contrées qu'arrose le Sebeto : malheureux, qui nourrissait au fond de son cœur des pensées de trouble et de guerre !

Aimable Paix ! oh ! quand reviendras-tu habiter les rivages de l'Europe ? quand de ta main divine nous verseras-tu la joie et l'abondance ?

LA NAPOLEONIDE.

Allor che a l' invincibile (7)
   Napoleon profondo,
   Lungi le ostili ingiurie,
Curvar vedrassi ossequìoso il mondo.

Ce sera lorsqu'après avoir repoussé au loin la Guerre
et ses fureurs, le grand, l'invincible Napoléon, verra
le monde entier se courber respectueusement devant
lui.

NOTES DE L'ODE XIII.

(1)   Su l'ali de la Gloria
       Il Fior de' grandi Eroi
         Omai trascorre celere . . . .

Le château de Milan, après onze jours de tranchée ouverte, cède enfin à la valeur des Français, et tout dans la ville est déja rentré dans l'ordre : aux divisions intestines qui troublaient les fiefs impériaux sur les confins du ci-devant état de Gênes, de Toscane, et de Piémont, ont succédé le calme et la paix ; et le terrible incendie, près de s'allumer, est étouffé par les précautions et la célérité de l'exécution faite à Binasco et à Pavie, où Bonaparte a déployé autant de vigueur que de clémence. Le nom du Héros vole donc sur les ailes de la Gloire d'une extrémité de la terre à l'autre ; et la Déesse aux cent bouches le redit aux Princes d'Italie, qui, étonnés au bruit de tant d'exploits, s'empressent d'implorer la paix.

—Il Fior de' grandi Eroi.

Flos veterum virtusque virûm, a dit Virgile (Eneid., lib. VIII); et le Tasse (Jérusalem déliv., chant VII).

Vi manca il fior de' suoi guerrier gagliardi ;

et chant VIII :

Il pregio, e 'l fior della latina gente.

(2)   Da i campi d'occidente a i liti eoi.

Lorsque la gloire d'un héros est arrivée à son plus haut degré d'élévation, on dit que sa renommée s'étend d'une extrémité de la terre à l'autre : *Dall' uno all' altro polo; dal mar Indo al Mauro ; dall' Oriente all' Occidente*, etc. Tacite (Agr. 30), en parlant de la grandeur et de l'insatiable avidité des Romains, dit : *Quos non Oriens, non Occidens satiaverit.*

Virgile, en parlant des descendans promis au roi Latinus par le mariage
de sa fille avec un étranger appelé par les destins, dit :

> . . . . *huic progeniem virtute futuram*
> *Egregiam, et totum quæ viribus occupet orbem.*
> (Enéid., liv. VII.)

et ailleurs, de Jules César :

> *Imperium Oceano, famam qui terminet astris.*

Horace, de la puissance romaine, dit :

> *Jam mari terrâque manus potentes*
> *Medus, Albanasque timet secures;*
> *Jam Scythæ responsa petunt, superbi*
> *Nuper, et Indi.*
> (Epod. carm. secul.)

et liv. IV, ode XV, en parlant de la grandeur de l'Empire :

> . . . . *famaque, et imperi*
> *Porrecta majestas ad ortum*
> *Solis ab Hesperio cubili.*

Enfin ce poëte, en parlant de la gloire d'Auguste, dit à ce Prince :

> *Te, fontium qui celat origines*
> *Nilusque, et Ister, te rapidus Tigris,*
> *Te belluosus qui remotis*
> *Obstrepit Oceanus Britannis;*

> *Te non paventis funera Galliæ,*
> *Duræque tellus audit Iberiæ:*
> *Te cæde gaudentes Sicambri*
> *Compositis venerantur armis.*
> (Liv. IV, ode XIII.)

Mais parmi toutes ces phrases poétiques, et parmi toutes celles que l'on
pourrait citer sur le même sujet, je n'en trouve aucune qui puisse se com-
parer à ce que Beatrix dit à Virgile sur l'étendue et la durée de sa renommée :

> *O anima cortese Mantovana,*
> *Di cui la fama ancor nel mondo dura,*
> *E durerà quanto 'l moto lontana . . . .*
> (DANTE Inf. cant. II.)

(3)   Umilemente chieggono,
      Ed anno in don la desiata pace.

Cette paix fut demandée à **Napoléon**, et accordée par lui aux puissances qui l'imploraient, l'an 1796.

(4)   Pace sul biondo Tevere
      Implora il Sesto Pio . . . .

Pie VI, apprenant que les Français étaient entrés à Bologne, qu'ils s'étaient emparés du fort Urbin, de Ferrare, de Faenza, et que le général Vaubois s'était porté de Reggio, à travers les Apennins, sur Pistoie, et paraissait se rendre à Rome par Florence ; ce Pontife demanda et obtint un armistice, en faveur duquel il renonça aux légations de Bologne et de Ferrare, mit les Français en possession de la citadelle d'Ancône, se soumit à payer vingt millions et à donner cent objets d'art choisis dans les musées de Rome, et cinq cents manuscrits de la bibliothèque du Vatican. C'est dans cette superbe collection que se trouve le manuscrit du Dante, copié par Bocace lui-même, et dont ce troisième astre de l'Italie fit présent à son ami Pétrarque, pour qu'il puisât dans cette mine intarissable les divines couleurs qui devaient imposer à ses ouvrages le sceau de l'immortalité. Or ce manuscrit, ce trésor, ce monument de la littérature que tant de titres rendent si précieux, était caché à Rome aux regards avides des savans, et ignoré presque de tout le monde. Aujourd'hui les littérateurs, les artistes, les curieux de tous les pays, peuvent le voir à leur aise, l'admirer, le consulter à la bibliothèque impériale de Paris, et y puiser les immenses richesses dont les Italiens n'ont pas su profiter jusqu'à ce jour.

— *Biondo Tevere*. Horace et Virgile qualifient de même ce fleuve :

Vidimus flavum Tiberim retortis
Littore Etrusco violenter undis, etc.
      (Liv. I, ode II.)

Tum demum præceps saltu sese omnibus armis
In fluvium dedit : ille suo cum gurgite flavo
Accepit venientem, etc.
      (Enéid. liv. IX.)

(5)   Pace il lion de l' Adria,
                  Ch' or le sue forze ha dome,
                  Solo d' aver già conscio
                  Un' ombra appena de l' antico nome.

Ceux qui voudront avoir une idée de la grandeur et de la beauté de Venise jusqu'à l'époque de sa décadence, pourront consulter ces beaux vers de Sannasar :

Viderat Adriacis Venetam Neptunus in undis
*   Stare urbem, et toto ponere jura mari.*
Nunc mihi Tarpejas quantumvis, Jupiter, arces
*   Objice, et illa tui mœnia Martis, ait.*
Si Pelago Tiberim prœfers, urbem aspice utramque,
*   Illam homines dicas, hanc posuisse Deos.*

(6)   E de l' ardente Apulia . . . .

Le Roi de Naples signa un armistice avec Bonaparte en même tems qu'il envoyait un ambassadeur à Paris pour implorer la paix, et la protection de la France.

            . . . . ardente Apulia.

Nec tantus unquam siderum insedit vapor
*   Siticulosæ Apuliæ.*
                                    (Horace, Epod., ode III.)

(7)   Allor che a l' invincibile.
                  Napoléon . . . .

Il me semble que le poëte a eu l'intention de reproduire la pensée du Dante, *d'un seul Empire sur la terre.* Nous aurons ailleurs l'occasion de rappeler cette sublime idée du prince de nos poëtes.

XIV.

LA BATTAGLIA DI ROVEREDO.   LA BATAILLE DE ROVEREDO.

4 septembre 1796.

Le 2 septembre, Bonaparte ordonna à Masséna de passer l'Adige au pont de Golo, en suivant le grand chemin du Tyrol. Dans le même tems Augereau partait de Vérone, et se portait sur les hauteurs qui séparent les états de Venise du Tyrol, pendant que la division du général Vaubois s'embarquait à Salo sur le lac de Garda. Le 4, à la pointe du jour, les armées étaient en présence. A une heure l'ennemi, battu partout, se rallie en avant de Calliano pour couvrir Trente; mais bientôt, ébranlé par le feu de l'artillerie et par la hardiesse des tirailleurs, la terreur se communique dans toute sa ligne, et il abandonne cette forte position. Sept mille prisonniers, vingt-cinq pièces de canon, cinquante caissons, et sept drapeaux, furent le fruit de cette journée.

Le type de cette médaille représente un guerrier à cheval, poursuivant un ennemi qui fuit. On aperçoit derrière lui des soldats qui portent des enseignes. La légende, HOSTES IN MONTIUM ANGUSTIAS COACTI VICTORIA AD ROBORETUM, signifie, *L'ennemi repoussé dans les défilés des montagnes, victoire de Roveredo.*

ODE XIV. [1]

LA BATTAGLIA DI ROVEREDO.

Di vecchie palme onusto (2),
  Vecchio guerrier che fa?
  A lo splendor vetusto
  Qualche serto novel tessendo sta.

Ma i bei trionfi alteri (3)
  Non son che un lampo ahimè!
  Fugge co' suoi guerrieri;
  Par ch' abbia l' ali del timore al piè (4).

ODE XIV.

LA BATAILLE DE ROVEREDO.

Courbé sous le poids des palmes qu'il a cueillies,
où tendent encore les efforts de ce vieux guerrier?
Il essaie d'enlacer un nouveau laurier à la guirlande
qui ombrage son front.

Mais, hélas! les plus beaux triomphes ne brillent
que comme l'éclair. A la rapidité de sa fuite, ne semble-
t-il pas que la peur lui prête des ailes?

33

Wurmser non era usato
   Di paventar così:
   Oggi lo strigne il fato,
   Che a militar col Franco Eroe s' unì.

Contro del fato invano (5),
   O Wurmser, l' uom s' armò:
   Ettor disteso al piano
   Cadde, e indarno il superbo Ilio pugnò (6).

Se in varie lutte avverso (7)
   Cotanto esso ti fu,
   A' danni tuoi perverso
   Del Leno al margo in questa lutta è più.

NAPOLEON t' incalza (8),
   E quinci il vanto avrà
   La tirolese balza
   Farte invocar, che inutile sarà.

De l' Austria cedi, o Figlio (9),
   Colmo d' onor, di fè:
   Tergi l' antico ciglio,
   E 'l dir ti basti: Io contrastai con te.

Wurmser n'avait pas coutume de prendre ainsi l'épouvante : mais aujourd'hui le Destin, d'accord avec le Héros français, le presse et le poursuit sans relâche.

Guerrier infortuné, c'est en vain que tu prétends lutter contre le sort. Hector est tombé dans les champs d'Ilion : Troie elle-même, la superbe Troie, n'a pu éviter son destin.

Ce n'était point assez que dans tant de combats le sort eût trahi ton courage; c'est aux rives du Léno qu'il te réservait le dernier de ses coups.

Napoléon te harcèle, et bientôt il pourra se glorifier de t'avoir forcé à appeler à ton secours les rochers du Tyrol.

Hélas! il faut céder, généreux enfant de la Germanie; il faut céder plein d'honneur et de foi. Cependant essuie tes larmes; un jour, et cette pensée aura pour toi quelque douceur, un jour tu pourras te dire : « Et moi aussi, je me suis mesuré contre lui. »

NOTES DE L'ODE XIV.

(1) Pendant que Bonaparte donnait la paix aux puissances de l'Italie, la fortune préparait aux Autrichiens de nouveaux désastres, quoiqu'elle se montrât d'abord favorable à leurs entreprises par quelques avantages qu'ils obtinrent sur les Français. Wurmser, avec un renfort de vingt-cinq mille hommes, vient remplacer Beaulieu. Forcé par la supériorité du nombre, Bonaparte se retire de Corona, de Brescia, de Rivoli, de Vérone; et voyant les Autrichiens s'avancer, d'un côté par Brescia et Lonado, et de l'autre par l'Adige, afin de mettre l'armée entre deux feux, il lève aussitôt le siége de Mantoue, et porte ses forces sur Lonado, Brescia, et Salo; il revient sur le Mincio, reprend aux ennemis toutes les places qu'ils avaient occupées, et les disperse dans les montagnes; il bat Wurmser, reprend aux Autrichiens un général qu'ils avaient surpris à Lonado; il les poursuit jusqu'à Desenzano, et leur coupe la retraite.

Ici l'histoire rapporte un trait de hardiesse et d'intrépidité de Bonaparte, qui saisit d'étonnement l'Europe entière. Les Autrichiens, résolus de nous livrer bataille, se retranchent en arrière de Castiglione. Un parlementaire ennemi se présente à Lonado; il est introduit les yeux bandés; il déclare que la gauche de notre armée est cernée, que son général fait demander si les Français veulent se rendre. « Allez dire à votre général, lui répond « Bonaparte, que c'est lui-même et son corps qui sont prisonniers; qu'il a « une de ses colonnes coupée par nos troupes à Salo, et par le passage de « Brescia à Trente; que si dans huit minutes il n'a pas mis bas les armes, « que s'il fait tirer un seul coup de fusil, je fais tout fusiller. Débandez les « yeux à monsieur : voyez le général Bonaparte et son état-major au milieu « de la brave armée républicaine. Dites à votre général qu'il peut faire une « bonne prise. » On demande de nouveau à capituler. Pendant ce tems tout se dispose pour l'attaque : le chef de la colonne ennemie demande à être entendu. Il propose de capituler. *Non*, lui dit Bonaparte, *vous êtes prisonniers de guerre.* L'ennemi veut se consulter. Bonaparte donne aussitôt ordre d'amener l'artillerie légère, et d'attaquer. Alors le général autrichien s'écrie : *Nous sommes tous rendus.*

C'est ainsi que douze cents Français forcèrent quatre mille deux cents Impériaux à poser les armes.

Un exemple qui a quelque rapport avec ce trait de hardiesse et d'intrépidité est celui de G. Popilius, légat du sénat de Rome, à Antiochus. Justin (liv. XXXIV. chap III.) dit : *Ibi Popilius virgâ, quam in manu gerebat, amplo circulo inclusum* (Antiochum), *amicos capere, et consulere jubet, nec prius inde exire, quam responsum senatui daret, aut pacem, aut bellum cum Romanis habiturum. Adeoque hæc asperitas animum regis fregit, ut pariturum se senatui responderet.* Voyez-en l'histoire dans Val. Max., liv. VI. chap. IV.

Bonaparte n'arrête point le cours de ses triomphes, attaque Wurmser, et le poursuit jusqu'au Mincio ; et par suite de plusieurs autres combats, il l'oblige de lever le siége de Peschiera, et d'abandonner la ville du Mincio.

Les Autrichiens, chassés de tous les points, sont obligés d'aller se réfugier dans les montagnes du Tyrol. Mantoue est bloquée de nouveau ; et, pendant qu'une partie de l'armée passe l'Adige, l'autre se porte sur les hauteurs qui séparent les états de Venise du Tyrol. Après quelques escarmouches les deux armées sont en présence ; un combat très vif s'engage, l'ennemi cède, et se retire à Roveredo, où Bonaparte l'attaque de nouveau, et lui prend sept mille prisonniers, vingt-cinq pièces de canon, cinquante caissons, et sept drapeaux.

(2)   Di vecchie palme onusto
Vecchio guerrier che fa?
A lo splendor vetusto
Qualche serto novel tessendo sta.

Le tems peut bien domter dans l'homme les forces physiques ; mais le sentiment de la valeur et de la vertu n'est point sous son empire. C'est pour cela que le poëte philosophe dit par la bouche de son maître :

. . . . . . *vinci l' ambascia*
Con l' animo che vince ogni battaglia,
Se col suo grave corpo non s' accascia.
(Inf. XXIV.)

L'auteur de la Napoléonide, en reproduisant cette idée sublime, a

34

voulu aussi nous représenter ce vieux guerrier, l'honneur et l'espérance des phalanges autrichiennes, tel qu'il était en effet, et tel qu'il devait être pour qu'il fût digne de Bonaparte.

(3)   Ma i bei trionfi alteri
            Non son che un lampo ahimè! . . . .

Telle est la condition des choses humaines. Un jour seul, une heure, un instant fait quelquefois perdre à l'homme ce qu'il a acquis dans le cours de plusieurs années, au travers de mille peines et de mille dangers. Que n'en coûta-t-il pas au grand Pompée pour avoir trop vécu de quelques mois?

. . . . . . *scilicet ultima semper*
Expectanda dies homini est, dicique beatus
Ante obitum nemo, supremaque funera, debet.

(4)   Par ch' abbia l' ali del timore al piè.

Virgile (Enéid., liv. VIII.) dit:

. . . . . . *pedibus timor addidit alas;*

et le Dante (Inf. XVI.):

. . . . . . *a fuggirsi,*
A le sembiaron le lor gambe snelle.

(5)   Contro del fato invano,
            O Wurmser, l' uom s' armò.

Il est impossible à l'homme de fuir *quæ fato manent, cui nihil arduum.* (TAC., hist., liv. 2. 82.

D'où Virgile:

Fortuna omnipotens, et ineluctabile fatum.
                    (Enéide, liv. VIII.)

le Dante:

Che giova nelle fata dar di cozzo?
                    (Inf. X.)

et le mot répété par Sénèque.

Ducunt volentem fata, nolentem trahunt.

(6) . . . . . . il superbo Ilio.

Poeta fui, e cantai di quel giusto
Figliuol d' Anchise, che venne da Troia,
Poichè 'l superbo Ilion fu combusto.
                    (Inf. I.)

(7) Se in varie lutte avverso
        Cotanto esso ti fu,
     A' danni tuoi perverso
        Del Leno al margo in questa lutta è più.

Le poëte rappelle ici les précédentes batailles que Wurmser a perdues, et veut arrêter le lecteur sur cette dernière victoire qui fut une des plus heureuses de la campagne.

(8) NAPOLEON t'incalza,
        E quinci 'l vanto avrà
     La tirolese balza
        Farte invocar, che inutile sarà.

Par suite de la bataille de Roveredo, la ville de Trente, quelques jours après, tomba au pouvoir de l'armée française. Bonaparte, toujours infatigable, toujours invincible, poursuit les ennemis jusqu'aux gorges de la Brenta, où ils vont prendre une position formidable.

(9) De l'Austria cedi, o Figlio,
        Colmo d'onor, di fè:
     Tergi l'antico ciglio,
        E 'l dir ti basti: Io contrastai con te.

Le poëte ne pouvait présenter à ce guerrier de plus puissants motifs de tempérer sa douleur qu'en lui montrant la cause de sa défaite ; savoir, *le destin invincible,* et la gloire de Bonaparte.

La pensée du dernier vers est empruntée du Tasse (Jérus. délivr. chant VI):

Renditi vinto, e per tua gloria basti,
Che dir potrai, che contra me pugnasti.

et il est possible que le Tasse lui-même ait imité Virgile (Enéid. liv. **X.**): *Æneæ magni dextrâ cadis, etc.* ; d'où le proverbe, *de pulchro ligno etiam strangulari convenit.*

XV.

LE FOCI DELLA BRENTA SUPERATE.   PASSAGE DES GORGES DE LA BRENTA.

7 septembre 1796.

Après la bataille de Roveredo le général Masséna entra dans Trente, le 5 septembre, à huit heures du matin. Wurmser fuyait du côté de Bassano. Le 7 l'avant-garde, commandée par le général Lanusse, rencontra l'ennemi retranché dans le village de Primolano, la gauche appuyée à la Brenta, la droite à des montagnes à pic. Le village est bientôt emporté, ainsi que le petit fort de Covello dans lequel l'ennemi s'était rallié. Il voulut fuir, mais le cinquième de dragons et le dixième de chasseurs atteignirent la colonne et la firent tout entière prisonnière de guerre. Nous prîmes, dans cette journée, dix pièces de canon, quinze caissons, huit drapeaux, et quatre mille prisonniers.

Le type de cette médaille représente un guerrier armé d'une lance, franchissant des rochers escarpés. La légende, MEDOACI CLAUSTRIS EXPUGNATIS HOSTES MANTUAM COMPELLIT, signifie, *Passage des gorges de la Brenta, l'ennemi forcé de rentrer dans Mantoue.*

ODE XV.

LE FOCI DELLA BRENTA SUPERATE.

Sicuro argin non è la Brenta, e il porto (1),
  Contra l' italo Eroe, che l' ardue foci
  Con le squadre feroci
  Varca al primiero assaltó,
  Il tricolor vessillo ergendo in alto.

Già i tristi eventi d' Austria il duce ha scorto,
  E guata bieco la temuta insegna:
  Destro si volve, e ingegna
  Di valicare anch' esso
  Ad onta del nimico il fiume stesso.

ODE XV.

PASSAGE DES GORGES DE LA BRENTA.

Ni la Brenta, ni son port, ne sont point un rempart assuré contre le Héros d'Italie. Dès le premier assaut, ses invincibles escadrons forcent le passage, et arborent l'étendard tricolor.

Déja Wurmser connaît ces funestes événemens, déja il voit flotter la redoutable enseigne; cependant il fait un mouvement, et tente de repasser le fleuve pour prendre les Français à dos.

Ma sta d' affanni in mar profondo assorto,
 Chè il guerrier Franco è inespugnabil rocca (2);
 Anzi sovra gli sbocca (3)
 Qual torrente, che inonda
 I campi, e tutto ne' suoi gorghi affonda.

NAPOLEONE invitto, è in te risorto
 Il prisco genio de le grandi imprese:
 Suo scampo, e sue difese (4)
 Abbia l' Austriaco intanto
 Nel forte sen de la città di Manto.

Riede così per calle obbliquo e torto
 La stanca belva ircana al natio bosco,
 E in atto orrido e fosco
 Il cacciatore aspetta,
 L' unghia arrotando per la sua vendetta.

Mais bientôt il se voit précipité dans un abyme
de maux. Le Français est tantôt comme un rocher
inexpugnable; et tantôt, pareil à un fleuve immense,
il fond sur l'ennemi avec l'impétuosité d'un torrent
qui renverse, inonde, et engloutit tout ce qui s'oppose
à son passage.

Invincible NAPOLÉON, il semble que l'antique génie
qui présidait aux grandes entreprises soit passé dans
ton ame. Voilà que l'ennemi ne trouve plus de salut
que dans les remparts de Mantoue.

Tel, par un sentier tortueux, rentre dans sa tanière
un tigre d'Hircanie, lassé de fuir: farouche, il attend
le chasseur, et, aiguisant ses effroyables griffes, il se
prépare à la vengeance.

NOTES DE L'ODE XV.

(1)   Sicuro argin non è la Brenta, e il porto,
        Contra l'italo Eroe, che l'ardue foci
        Con le squadre feroci
        Varca . . . . . .

Taccia Argo i Minj, e taccia Artù que' suoi
Erranti, che di sogni empion le carte;
Ch' ogni antica memoria appo costoro
Perde. . . . .

Les prodiges opérés par les Français sous la conduite de Bonaparte ont surpassé ceux même de la fabuleuse antiquité : et l'on doit placer la bataille de Roveredo parmi ceux qui ont le plus étonné l'Europe.

Après plusieurs combats, où les ennemis sont toujours battus et dispersés, ils se retirent à Roveredo. Bonaparte fait avancer son armée; l'ennemi se replie encore, laissant une grande quantité de morts et de prisonniers, et va se rallier en avant de Calliano pour couvrir Trente, et donner le tems à son quartier-général d'évacuer cette ville. Bonaparte prend de nouvelles dispositions, et bientôt l'ennemi abandonne l'entrée de la gorge. La terreur s'empare de toute sa ligne, et la cavalerie française poursuit les fuyards en jonchant la terre de blessés et de morts. Le lendemain, Masséna entre dans la ville de Trente, d'où Wurmser s'était retiré la veille pour se réfugier du côté de Bassano.

(2)   Chè 'l guerrier Franco è inespugnabil rocca.

Cette pensée me rappelle les beaux vers du Dante :

Sta come torre ferma, che non crolla
Giammai la cima per soffiar de' venti.
                        (Purg. V.)

et ceux de Virgile :

Ille, velut pelagi rupes immota, resistit;
(Ut pelagi rupes, magno veniente fragore),

Quæ sese, multis circùm latrantibus undis,
Mole tenet : scopuli nequidquam et spumea circùm
Saxa fremunt, laterique illisa refunditur alga.
(Enéide, liv. VII.)

(3)   Anzi sovra gli sbocca
                   Qual torrente, che inonda
                   I campi, e tutto ne' suoi gorghi affonda.

Virgile se sert du même terme de comparaison pour dépeindre l'irruption des Grecs dans la ville de Troie :

Non sic, aggeribus ruptis quum spumeus amnis
Exiit, oppositasque evicit gurgite moles,
Fertur in arva furens cumulo, camposque per omnes
Cum stabulis armenta trahit.

Mais voyez comment s'exprime à ce sujet le prince des lyriques latins :

Sic tauriformis volvitur Aufidus,
Qui regna Dauni præfluit Appuli,
   Cum sævit, horrendamque cultis
   Diluviem meditatur agris;
Ut barbarorum Claudius agmina
Ferrata vasto diruit impetu,
   Primosque et extremos metendo,
   Stravit humum, sine clade victor, etc.
(Liv. IV, ode XIV.)

(4)   Suo scampo, e sue difese
                   Abbia l' Austriaco intanto
                   Nel forte sen de la città di Manto.

Wurmser, obligé d'abandonner Bassano, où étoit son quartier-général, se jette dans Mantoue, et, par une habile manœuvre, il remporte une victoire, et reprend le pont et le village de Céria. Bonaparte vole aussitôt à sa poursuite, délivre cinq cents prisonniers que Wurmser avait faits au combat de Céria, s'empare de vingt-cinq pièces de canon, et fait deux mille prisonniers.

Une division de l'armée se porte alors sur Mantoue ; un combat s'engage à Mioli, et les Français, malgré les avantages des ennemis, restent les maîtres du champ de bataille. Un nouveau combat a bientôt lieu, dont l'heureuse issue met les Français en possession du faubourg Saint-Georges.

. . . . Manto.

Lorsque Virgile, dans son voyage aux enfers avec le Dante, aperçoit la prophétesse Manto parmi ceux qui ont voulu porter leur regard téméraire dans la sombre nuit de l'avenir, il dit à son disciple :

> *E quella, che ricuopre le mammelle*
> *Che tu non vedi, con le trecce sciolte,*
> *E ha di là ogni pilosa pelle,*
> *Manto fu, che cercò per terre molte,*
> *Poscia si pose là dove nacqu' io :*
> *Onde un poco mi piace, che m' ascolte.*

Ecoutons aussi ce que le poëte va dire sur l'origine et le site de la ville de Mantoue :

> *Quindi passando la vergine cruda*
> *Vide terra nel mezzo del pantano,*
> *Senza cultura, e d' abitanti nuda.*
> *Lì, per fuggire ogni consorzio umano,*
> *Ristette co' suoi servi a far sue arti,*
> *E visse, e vi lasciò suo corpo vano.*
> *Gli uomini poi, che 'ntorno erano sparti,*
> *S' accolsero a quel luogo, ch' era forte*
> *Per lo pantan, ch' avea da tutte parti.*
> *Fer la città sovra quell' ossa morte,*
> *E per coloi, che 'l luogo prima elesse,*
> *Mantova l' appellar senz' altra sorte.*

XVI.

L'EROE SUL PONTE D'ARCOLE.   LE HÉROS SUR LE PONT D'ARCOLE.

15 novembre 1796.

BONAPARTE, ayant confié au général Kilmaine l'investissement de Mantoue, se porte vers l'Adige pour y combattre le feld-maréchal Alvinzi. Le 15 novembre 1796, les deux armées étaient en présence sur l'Adige ; déja Augereau et Masséna l'avaient passée, mais on arrive au pont d'Arcole : la position était formidable. L'intrépide Augereau s'élance sur le pont, et agite un drapeau ; Bonaparte lui-même n'en est plus qu'à trente pas, lorsque le feu de l'ennemi rompt le pont. Cependant le combat continue avec acharnement, et ce n'est que le troisième jour que les Français restent maîtres du champ de bataille. Cinq cents prisonniers et dix-huit pièces de canon furent le prix de ce combat mémorable.

LE type de cette médaille représente un Guerrier agitant un drapeau sur un pont, et encourageant ses soldats à le suivre. Devant lui sont les ennemis. La légende, MAGNA-NIMITAS IMPERATORIS, signifie, *Magnanimité du général.*

1.

ODE XVI.[1]

L' EROE SUL PONTE D' ARCOLE.

QUAL novo turbine, qual nova guerra,
   Move l' austriaco genio severo (2)?
Ah riede a struggere l' itala terra
      Col brando fero!

Pria che l' orribile strazio ne faccia,
   Siccome partiche saette ultrici (3),
Al fianco unanimi vibriamgli, e in faccia
      L' armi vittrici.

ODE XVI.

LE HÉROS SUR LE PONT D'ARCOLE.

Quelle nouvelle tempête, quelle guerre nouvelle, suscite encore le farouche Génie de l'Autriche? Armé du fer homicide, il veut ensanglanter de nouveau les belles campagnes d'Italie.

Mais, avant qu'il ne se repaisse de carnage, que, semblables aux traits rapides des Parthes, nos armes victorieuses brillent à ses yeux, et menacent à-la-fois et la tête et le flanc!

Il campo arcolio quì parmi: Ei dica
    Come il magnanimo Campione invitto
    Provvido stimoli la schiera amica
       Al gran conflitto (4):

Non siete i celebri soldati or voi,
    Che in su le fertili de l' Adda arene
    Troncaste impavidi da prodi eroi
       L' austriaca spene (5)?

Già 'l dissi: o vincere quivi, o morire:
    Vessillo fulgido, t' impugno, e corro (6)!
    Forti, seguitemi con pari ardire:
       I vili aborro.

Forse del Coclite l' immago allora
    Cinta di gloria videsi innante (7)
    Co l' asta vindice d' etrusco ancora
       Sangue fumante.

De i sensi fervidi fur gli alti effetti (8),
    Scontri fierissimi, per l' Austro morte,
    Pel Franco esercito da i saldi petti,
       Propizia sorte.

Je vois, je vois déja le champ d'Arcole : c'est à lui
de nous dire comment ce magnanime et généreux
Guerrier animait au combat ses bataillons fidèles :

« N'êtes-vous point ces mêmes hommes qui sur les
« fertiles rives de l'Adda firent mordre la poussière
« à tant de vaillans guerriers, glorieux espoir de
« l'Autriche ?

« Je l'ai dit, et je le répète : c'est ici qu'il faut vaincre
« ou mourir; moi-même je marcherai devant vous, et
« j'y cours : que les braves me suivent ; les lâches
« peuvent rester. »

Il dit, et peut-être qu'en ce moment l'ombre du
grand Coclès apparut devant lui, glorieux, et agitant
encore sa lance, teinte du sang étrusque.

Ces belles paroles, qu'on entendit retentir, furent
pour les ennemis un augure de mort, et pour les
Français un présage assuré de la victoire;

38

In quel dì splendido prescrisse Giove,
　Che al serto bellico, ch' orna sue chiome,
　Porti d' Italico per tante prove
　　　　Congiunto il nome.

Et, en mémoire de cette journée, Jupiter voulut que sur le diadême qui ceignait le front du Héros, on lût désormais ces mots : AU HÉROS ITALIQUE.

NOTES DE L'ODE XVI.

(1) Nous aurons occasion de parler autre part du caractère de cette espèce de vers, de leur rhythme, et de leur harmonie.

(2)   Qual novo turbine, qual nova guerra
           Move l'austriaco genio severo?

Une nouvelle armée de cinquante mille Autrichiens est envoyée en Italie. Bonaparte, pour empêcher sa jonction avec celle du Tyrol, vole à sa rencontre, passe l'Adige, et fait ses dispositions pour l'attaquer par le flanc et ses derrières. Mais l'ennemi fait occuper, par un régiment de Croates et quelques régimens hongrois, le village d'Arcole, extrêmement fort par sa position au milieu des marais. Notre avant-garde est arrêtée. En vain les généraux se précipitent à la tête des colonnes, ils sont presque tous blessés; en vain le général Augereau, un drapeau à la main, va jusqu'à l'extrémité du pont; il ne produit aucun effet. Alors Bonaparte avec son état-major se porte à la tête de la division d'Augereau; il saisit un drapeau, s'élance à la tête des grenadiers, et court sur le pont en criant: *Suivez votre général*. La colonne s'ébranle un instant, et l'on était près du pont, lorsque le feu terrible de l'artillerie la fait reculer au moment même où l'ennemi allait prendre la fuite.

(3)   Siccome partiche saette ultrici.

Justin (liv. XLI, chap. II) dit: *Parthi servos pari ac liberos suos cura habent, et equitare et sagittare magna industria docent;* et Lucain (VIII):

       Non aries illis, non ulla est machina belli:
       Haud fossas implere valent: Parthoque sequente
       Murus erit, quodcunque potest obstare sagittæ.

(4)   Il campo arcolio quì parmi: Ei dica

LA NAPOLÉONIDE. 153

Come il magnanimo Campione invitto
Provvido stimoli la schiera amica
Al gran conflitto.

L'histoire nous offre mille prodiges opérés par les harangues de NAPOLÉON aux soldats avant le combat : si l'éloquence militaire de César était tellement estimée, qu'on réunît ses discours en plusieurs volumes, on pourra un jour en dire autant des discours de notre Héros. Pleins de force et d'énergie, ils ont le pouvoir d'enflammer le cœur des soldats de ce courage qui les porte à la victoire. « N'êtes-vous point ces mêmes soldats qui ont forcé le pont de « Lodi »? s'écria-t-il à Arcole. César, à la bataille de Tournai, eut à peine le tems de dire à la dixième légion : « Souvenez-vous de votre valeur accou-« tumée. «

(5)   Non siete i celebri soldati or voi,
        Che in su le fertili de l' Adda arene
        Troncaste impavidi da prodi eroi
                L' austriaca spene?

Il me semble que cette manière de réveiller le courage, pratiquée par les poëtes et les orateurs, est très énergique et très vraie. Deux idées se présentent aux soldats : 1° l'espérance de pouvoir faire autant et plus qu'ils ont déja fait ; 2° le devoir de conserver la gloire qu'ils ont acquise. Dans Virgile, Enée encourage ainsi ses compagnons :

        Vos et Scyllæam rabiem, penitusque sonantes
        Accestis scopulos, vos et Cyclopia saxa
        Experti . . . .

Dans Horace, Teucer dit à ses compagnons désolés :

        O fortes, pejoraque passi
        Mecum sæpe viri . . . . . .
                (Liv. I, ode VII.)

et dans la Divine Comédie, Ulysse aux compagnons de son voyage :

        O frati, dissi, che per cento milia
        Perigli siete giunti all' occidente,
        A questa tanto picciola vigilia

39

De' vostri sensi, ch' è del rimanente,
Non vogliate negar l' esperienza,
Diretro al sol, del mondo senza gente.
Considerate la vostra semenza.
Fatti non foste a viver come bruti,
Ma per seguir virtute e conoscenza.
(Inf. XXVI.)

(6)   Vessillo fulgido, t' impugno e corro !

Un exemple comparable à ce trait de hardiesse et d'intrépidité de Bonaparte est celui du grand César, lorsqu'après la bataille de Pharsale, ayant envoyé son armée en Asie, et passant avec un seul vaisseau le détroit de l'Hellespont, il rencontra Lucius Cassius avec dix gros navires : il eut le courage de marcher droit à lui ; et, l'ayant sommé de se rendre, il le fit prisonnier.

Un autre exemple (*si parva licet componere magnis*) se trouve dans le troisième livre de l'histoire de Tacite. Comme le texte est connu de tout le monde, je le remplacerai par la traduction de Davanzati, ouvrage, quoi qu'en disent les critiques, au-dessus des autres traductions italiennes :

Quanto di là dal muover della Chiana,
Si muove 'l ciel che tutti gli altri avanza.

Antonio non lasciò in quel pericolo cosa possibile a costante capitano, e soldato fortissimo. Spigne i paurosi ; rattiene i fuggenti. Ove è travaglio, onde speranza, con voce, mano, consiglio si fa da' nimici ammirare, da' suoi vedere ; e venne in sì fatto ardore, che trapassato di lancia uno alfiere che fuggiva, rapì la bandiera, e voltolla verso inimici ; per la qual vergogna non più di cento cavalli fecer testa.

(7)   Forse del Coclite l' immago allora
           Cinta di gloria videsi innante . . . .

Hetruscis in urbem, ponte sublicio irrumpentibus, Horatius Cocles extremam ejus partem occupavit ; totumque hostium agmen, donec post tergum suum pons abrumperetur, infatigabili pugna sustinuit ; atque ut patriam periculo imminenti liberatam vidit, armatus se in Tyberim misit : cujus fortitudinem Dii immortales admirati, incolumitatem sinceram ei præstiterunt. (VALER. MAX. lib. III. cap. II. de Fortitud.)

(8)   De i detti fervidi fur gli alti effetti,
         Scontri fierissimi . . . .

La nuit qui succéda à ce grand trait d'intrépidité et de courage de Bonaparte, une de nos colonnes s'empara du village, prit quatre pieces de canon,
et fit quelques centaines de prisonniers ; et à la pointe du jour, le combat
s'étant engagé par-tout avec la plus grande vivacité, malgré les avantages
du lieu et la supériorité du nombre, l'ennemi fut enfin obligé de plier sur
tous les points.

Les résultats de cette éclatante victoire furent trois mille prisonniers,
quatre drapeaux, dix-huit pièces de canon, quatre mille morts et autant de
blessés.

XVII.

IL DONO DEL CAVALLO
AD UN SOLDATO.

PRÉSENT D'UN CHEVAL
A UN SOLDAT.

Un chasseur à cheval avait été chargé d'apporter à Bonaparte, de Milan à Montebello, des dépêches très urgentes. A son arrivée, il donne le paquet et attend la réponse. Bonaparte la lui remet sur-le-champ. « Va, lui dit-il, et sur-tout va vîte. — Général, « le plus vîte que je pourrai; mais je n'ai plus de cheval, j'ai crevé le mien. — Ce n'est « qu'un cheval qui te manque? lui dit Bonaparte. Prends le mien ». Le chasseur craint de l'accepter : « Tu le trouves trop beau, trop richement enharnaché? Va, mon cama- « rade, il n'est rien de trop magnifique pour un guerrier français. »

Le type de cette médaille représente un Guerrier offrant un cheval à un soldat. La légende, DUCIS HUMANITAS IN COMMILITONES, signifie, *Humanité du Chef envers ses compagnons d'armes.*

ODE XVII.

IL DONO DEL CAVALLO AD UN SOLDATO.

A LA prima d' Insubria inclita terra
   Siccome dardo vola (1):
   Recale ciò che serra
   Questo foglio, o guerriero, e la consola.

Estinto cadde il tuo destriere al piano?
   Eccoti 'l mio, tel prendi:
   Che? dubbii ancora? È vano (2)
   Il tuo ritegno, ed alti sensi intendi.

ODE XVII.

PRÉSENT D'UN CHEVAL A UN SOLDAT.

« Guerrier, pars avec la rapidité d'un trait, et vole
« aux remparts de Milan porter ces dépêches, et avec
« elles l'espérance.

« Mais, quoi! ton cheval est tombé de fatigue dans
« la plaine? Prends le mien, je t'en fais don. Tu
« hésites? Prends, te dis-je, et retiens ces paroles:

Di ricco don non è, sia pur sublime,
  Un guerrier Franco indegno:
  Sempre di spoglie opime
  Il difensore de la patria è degno.

Con la calda de l' estro fantasia
  Te veggo in sul destriero
  Segnar per l' ampia via
  Appena l' orme rapidò e leggero (3).

Narra a l' insubre suolo il generoso
  Eccelso cor di lui,
  E da l' antro muscoso
  Ripeta eco sonora i merti sui.

Il macedone eroe la Grecia onora
  Per un' egual virtude,
  E di Cesare ancora
  Grata il nome Farsaglia a l' aura schiude.

Ma quà volgendo il cupid' occhio intorno
  La Grecia, e in un Farsalia,
  Sclamino in sì bel giorno:
  D' essi sempre è maggior l'Eroe d' Italia.

« Il n'est pas de don, si riche soit-il, que ne mérite
« un soldat vraiment français : les dépouilles opimes
« n'ont-elles pas toujours été le partage du défenseur
« de la patrie? »

A ces mots tu t'élances, généreux guerrier ; et, saisi
d'un beau transport, je te vois voler avec tant de rapidité, qu'à peine ton coursier imprime-t-il sur l'arène
la trace de ses pas.

Vole aux champs de l'Insubrie, raconte la générosité et la munificence du Héros, et que du fond de
leurs grottes les échos redisent ses vertus.

La Grèce révère encore la générosité d'Alexandre,
et Pharsale reconnaissante répète avec enthousiasme
le nom du grand César.

Mais en abaissant les yeux sur cette scène, et la
Grèce et Pharsale s'écrient : « Le Héros d'Italie les a
« surpassés tous deux. »

NOTES DE L'ODE XVII.

(1)   A la prima d' Insubria inclita terra
              Siccome dardo vola . . . .

Alexandre et César ne sont pas moins fameux par leurs conquêtes que par leur générosité. Le Dante, dans son *Convito*, dit du premier de ces héros : *E chi non è ancora col cuore Alessandro per li suoi reali beneficj* (*)? L'histoire en dit autant du héros de notre siècle. Les beaux-arts et les lettres offrent des monumens éternels de sa munificence : nous nous bornons à faire connaître un trait précieux de cette vertu qui a fourni au poëte le sujet de cette ode, et qui eut lieu dans le court intervalle de tems qui s'écoula depuis la bataille d'Arcole jusqu'à celle de Rivoli, dont nous allons nous occuper dans l'ode qui suit. C'est le don de son cheval à ce chasseur qui vient de laisser le sien mort de fatigue sur la route de Milan à Montebello.

— Siccome dardo vola.

Veut-on voir une comparaison inimitable de ce genre ? La voici ; elle est tirée du Paradis du Dante :

        E forse in tanto, in quanto un quadrel posa,
        E vola, e dalla noce si dischiava . . . .
                 (Parad. II.)

(*) Il me semble que ce passage du Dante devrait bien suffire pour détromper certains commentateurs de la Divine Comédie, et les convaincre que l'Alexandre que le poëte voit dans les fossés de sang parmi les tyrans, n'est pas le Macédonien, celui qui par le souvenir de ses bienfaits maîtrise encore tous les cœurs sensibles. Ici le Dante veut parler d'Alexandre tyran de Phares, fameux par ses cruautés. Pétrarque nous en donne une preuve dans le premier chapitre du Triomphe de l'Amour, où il associe cet Alexandre avec Denys le tyran, de même que le Dante dans le passage indiqué. D'ailleurs est-il possible que ce poëte place dans ce dernier avilissement ce même héros dont il célèbre avec enthousiasme les divines vertus?

(2)   Che? dubbii ancora? È vano
              Il tuo ritegno . . . .

Le chasseur craignait d'accepter le cheval de son général. Bonaparte lui dit : « Tu le trouves trop beau, trop richement enharnaché? Va, mon cama- « rade, il n'est rien de trop magnifique pour un guerrier français. »

(3)   Segnar per l' ampia via
            Appena l'orme rapido e leggiero.

De cette figure hyperbolique, dont Quintilien dit : *Conceditur amplius dicere, quia dici quantum est non potest, meliusque ultra, quam citra stat oratio;* de cette figure, dis-je, les classiques nous offrent des modèles admirables.

Virgile, d'après la description que fait Homère de la légèreté des jumens, filles de Borée, dit de Camille :

> *Illa vel intactæ segetis per summa volaret*
> *Gramina, nec teneras cursu læsisset aristas:*
> *Vel mare per medium cursu suspensa tumenti*
> *Ferret iter, celeres nec tingeret æquore plantas.*

Claudien, imitant le même passage d'Homère, dit aux deux frères Arcadius et Honorius :

> *Vobis Jonid virides Neptunus in algâ*
> *Nutrit equos, qui summa freti per cœrula possint*
> *Ferre viam, segetemque levi percurrere motu,*
> *Nesciat ut spumas, nec proterat ungula culmos.*

Arioste, qui a suivi plus que tout autre le précepte de Quintilien, a fait usage plusieurs fois de cette figure. En parlant du cheval d'Alcine, qui s'élance contre Roger, il dit :

> *Quel par dall' arco un avventato strale.*
> (Chant VIII.)

et ailleurs (chant XII) :

> *Che saria tardo a seguitarlo il vento.*

Le chantre de la Jérusalem délivrée, en parlant du cheval de Raimond,
dit (chant VII.):

> *Sul Tago il destrier nacque , ove talora*
> *L' avida madre del guerriero armento,*
> *Quando l' alma stagion che n' innamora,*
> *Nel cor l' instiga il natural talento;*
> *Volta l' aperta bocca incontra l' ora,*
> *Raccoglie i semi del fecondo vento;*
> *E da tepidi fiati (oh maraviglia!)*
> *Cupidamente ella concepe , e figlia.*
>
> *E ben questo Aquilin nato diresti*
> *Di qual' aura del Ciel più lieve spiri;*
> *O se veloce sì , ch' orma non resti,*
> *Stendere il corso per l' arena il miri;*
> *O se 'l vedi addoppiar leggieri e presti,*
> *A destra ed a sinistra, angusti giri.*

Enfin, le même Tasse, en parlant de Vafrin et de son cheval, dit
(chant XVIII):

> *Egli sen va sovra un destrier ch' appena*
> *Segna nel corso la più molle arena.*

XVIII.

LA BATTAGLIA DI RIVOLI.   LA BATAILLE DE RIVOLI.

14 janvier 1797.

Après le combat d'Arcole, Alvinzi se flattait encore de pouvoir délivrer Mantoue. Le 13 janvier, Bonaparte arrive à Vérone; le 14, il occupe le plateau de Rivoli. Les cinquante mille hommes d'Alvinzi sont employés à le tourner dans cette position, pendant qu'une forte colonne, commandée par le général Provera, se dirige avec impétuosité sur Mantoue. Mais Bonaparte, qui l'observait du plateau de Rivoli, où il était demeuré vainqueur de toutes les attaques, court à lui, le cerne, le combat, et lui fait mettre bas les armes. Telle fut la bataille de Rivoli. Les Autrichiens y perdirent vingt-cinq mille hommes tués, blessés ou faits prisonniers, et toute leur artillerie.

Le type de cette médaille représente un Guerrier à cheval entouré des siens, et combattant les ennemis à outrance. La légende, HOSTIS INGENTI CLADE ADFECTUS AD RIPULAS, signifie, *L'ennemi taillé en pièces à Rivoli.*

1.   42

ODE XVIII.

LA BATTAGLIA DI RIVOLI.

Fɪɢʟɪᴀ di Brenno, fertile città,
  Che 'l piacente dintorno Adige bagna (1),
  Lunge da te sen va
  A la truce di Rivoli campagna
  Il Gʀᴀɴ Nᴀᴘᴏʟᴇᴏɴᴇ (2),
  L'italo Genio, ed il fatal Campione.

A che novello Anteo ribalzi in piè (3),
  Miser guerrier de l'aquila germana?
  Il tuo valor, la fè
  Ah sono inutili opre, e virtù vana (4)!
  Odi verace canto,
  Nè dar poi sfogo a l'interrotto pianto!

ODE XVIII.

LA BATAILLE DE RIVOLI.

« Fille de Brennus, fertile cité que l'Adige arrose
« de ses eaux, déja s'éloigne de tes murs pour prendre
« son vol vers les champs de Rivoli, l'homme du
« Destin, le Grand Napoléon.

  « Mais toi, malheureux guerrier, qui conduis les
« aigles germaines, que te sert, nouvel Antée, de
« reprendre courage en mordant la poussière ? Hélas !
« ton courage et ta vertu ne te sauveront point :
« écoute cependant mes prédictions, et puis après
« taris tes larmes, si tu le peux.

Credi mieter su d' esso in questo dì
    Trofeo, che d' Austria onori i prischi fasti?
    Sovente, è ver, t' offrì
    L' instabil Dea la palma, e la tentasti
    Avido di carpire,
    Ma sdegnossi la Dea di tanto ardire.

Per l' aereo seren ratta volò
    Ove maggior sapea la forza e l' arte (5);
    E 'l nobil don recò
    Al disceso dal ciel secondo Marte:
    La strinse egli, e sorrise,
    E a la vista comun sul crin la mise.

Fer plauso i fidi suoi; ed allor fu,
    Che s' animar le caricate schiere,
    E la Franca virtù
    Fu allor, che le inimiche armi e bandiere
    Rovesciò infrante a terra,
    E orrenda fè di Rivoli la guerra (6).

Segui, invocata Dea, l' Eroe gridò,
    A secondarmi col favor benigno:
    Se d'Austria a scorno andò
    Di Garda il lago, e l' Adige sanguigno,
    M' aspetti in su le sponde
    De l' Istro ancora a intorbidar quell' onde.

« Penses-tu dans ce jour ravir au Héros un trophée
« qui accroisse les antiques honneurs de la Germanie?
« Souvent, il est vrai, l'inconstante Déesse sembla
« t'offrir la palme que tu t'efforçais de cueillir; mais
« aussitôt la Déesse fuyait, indignée de ton audace. »

Plus prompte que l'éclair, et portée sur un nuage,
elle vole aux lieux où elle voit réunies et la force et
l'adresse. Elle présente la palme à ce second Mars, à
ce fils des Dieux; il s'en saisit, et, aux yeux de l'armée
entière, il l'attache sur son noble front.

Animés d'un feu nouveau, ses compagnons applaudissent : c'est alors que le soldat français, joyeux et
plein de courage, renverse pêle-mêle et les armes et
les étendards, et couvre d'un horrible carnage les
champs de Rivoli.

« O Déesse, s'écrie le Héros, sois-moi toujours
« propice ! Si, à la honte des Germains, l'Adige et le
« Garda ont roulé leurs ondes ensanglantées, j'irai,
« je le jure, j'irai jusqu'aux rives de l'Ister faire rougir
« ses ondes. »

NOTES DE L'ODE XVIII.

(1)   Figlia di Brenno, fertile città,
           Che 'l piacente dintorno Adige bagna.

Vérone, une des grandes et belles villes de l'ancien état de Venise, est
traversée par l'Adige. Le cirque et l'amphithéâtre qu'on y admire attestent
l'antiquité de cette ville. Parmi les grands hommes qu'elle a vus naître dans
son sein, on doit faire mention de Catulle, dont Martial dit :

> *Tantum magna suo debet Verona Catullo,*
> *Quantum parva suo Mantua Virgilio.*
> (Liv. XIV, épigr. 193.)

De tous les écrivains qui nous assurent que Vérone a été bâtie par les
anciens Gaulois, ainsi que plusieurs autres villes d'Italie, je ne rapporterai
que le témoignage de Justin :

> *His autem Gallis causâ in Italiam veniendi, sedesque novas quærendi,*
> *intestina discordia et adsiduæ domi dissensiones fuere : quarum tædio cum*
> *in Italiam venissent, sedibus Tuscos expulerunt ; et Mediolanum, Comum,*
> *Brixiam, Veronam, Bergomum, Tridentum, Vicentiam condiderunt.*
> (Liv. XX, chap. V.)

(2)   Lunge da te sen va
           A la truce di Rivoli campagna
           Il GRAN NAPOLEONE.

Après le combat de Saint-Michel, où l'ennemi fut repoussé avec la perte
de sept cents prisonniers et de plusieurs pièces de canon ; après celui de
Corona, où il perdit encore trois cents prisonniers, différentes attaques
eurent lieu qui annoncèrent un mouvement général. Cependant on ignorait
encore si l'ennemi se porterait sur Rivoli, ou sur le bas de l'Adige. Bonaparte
se tint à Vérone pour observer tous les mouvemens de l'armée autrichienne.
Dès qu'il les eut reconnus, il fit approcher ses troupes de Rivoli, et partit
en poste avec son état-major ; il arriva au milieu de la nuit, qu'il employa

à reconnaître le terrein et la position de l'ennemi, qui occupait une ligne imposante, défendue par vingt mille hommes.

(3)   . . . . . . *Anteo.*

L'histoire de cet enfant démesuré de la Terre, qu'Herculé étouffa dans ses bras, est connue de tout le monde. Virgile, en conduisant le Dante dans les Enfers, adresse ainsi la parole à Antée :

> *O tu , che nella fortunata valle ,*
> *Che fece Scipion di gloria ereda,*
> *Quand' Annibal co' suoi diede le spalle ,*
> *Recasti già mille lion per preda,*
> *E che se fossi stato all' alta guerra*
> *De' tuoi fratelli , ancor par ch' e' si creda ,*
> *Ch' avrebber vinto i figli della Terra ;*
> *Mettine giuso , e non ten venga schifo ,*
> *Dove Cocito la freddura serra.*
> *Non ci far' ire a Tizio , nè a Tifo :*
> *Questi può dar di quel che qui si brama :*
> *Però ti china , e non torcer lo grifo.*
> *Ancor ti può nel mondo render fama :*
> *Ch' ei vive, e lunga vita ancora aspetta ,*
> *Se innanzi tempo grazia a se nol chiama.*
> *Così disse 'l maestro : e quegli in fretta*
> *Le man distese , e prese il duca mio ,*
> *Ond' Ercole sentì già grande stretta.*

(4)   Il tuo valor, la fè
              Ah sono inutili opre, e virtù vane!

C'est un juste tribut que le poëte aime à payer aux vertus de ce brave général. Ce guerrier, âgé de soixante-dix ans, envers qui la fortune a été très cruelle pendant toute cette campagne, n'a jamais cessé de montrer une contenance et un courage dignes de l'histoire.

(5)   Per l' aereo seren ratta volò
              Ove maggior sapea la forza e l' arte.

Cette pensée du poëte est la même que celle du philosophe : *Valentior enim omni fortunâ animus est.* (SÉNÈQUE, ép. 98.)

Justin nous laisse entrevoir la même pensée où il dit de Ptolomée : *Spo-liassetque regno Antiochum , si fortunam virtute juvisset.* (Liv. XXX , chap. I). Ainsi cette divinité , que le vulgaire croit être l'arbitre de tous les mouvemens des humains , reconnaît au-dessus d'elle de plus fortes puis-sances , le courage et la valeur.

(6)   E orrenda fè di Rivoli la guerra.

Après un combat acharné de part et d'autre , dont le succès fut d'abord douteux , l'ennemi fut complettement battu sur toute sa ligne , et culbutté dans le bas de l'Adige.

Pendant la bataille , un corps de quatre mille Autrichiens s'était porté derrière Rivoli. Bonaparte dirige contre eux deux bataillons. On est en présence ; l'ennemi crie : *Nous les tenons;* et ils se partagent déja nos dépouilles en espérance. Repoussés et attaqués trois fois , ils sont mis en déroute , et laissent en notre pouvoir trois mille prisonniers.

Plusieurs autres combats , signalés par des pertes considérables de l'ennemi , et par la colonne de Provera , qui fut faite prisonnière avec son général , terminèrent cette journée à jamais mémorable.

XIX

LA CONQUISTA DI MANTOVA.   LA PRISE DE MANTOUE.

2 février 1797.

L'IMPORTANTE victoire de Rivoli avait si vivement alarmé le cabinet autrichien, et cette puissance, pour s'opposer aux progrès de l'armée française, avait fait jusqu'à cette époque tant d'inutiles sacrifices de troupes et de munitions de tout genre, qu'elle était dans l'impossibilité de les continuer. N'ayant donc plus dès-lors aucun moyen de secourir Mantoue assiégée depuis environ trois mois, elle abandonna à ses propres forces cette place, qui se vit enfin contrainte de capituler le 2 février 1797, dix-huit jours après la bataille de Rivoli. La prise de Mantoue rendit les Français maîtres de toute l'Italie.

Le type de cette médaille représente une femme assise sur un sol marécageux, dans l'attitude de l'humiliation et de la douleur, ayant à son côté des lances et un bouclier renversés. La légende, MANTUA EXPUGNATA, signifie, *Prise de Mantoue*.

1.   44

ODE XIX.

LA CONQUISTA DI MANTOVA. (¹)

Poichè Morfeo pietoso
    Il sonnifero stelo umido scosse
Ne l' austro eroe doglioso,
    Chinò il capo su l' asta, e addormentosse (2).

Squallida in volto e mesta,
    Ne' piè tremante pel soverchio stento (3),
Larva per lui funesta,
    Fame gli si appresenta in quel momento.

ODE XIX.

LA PRISE DE MANTOUE.

Lorsque Morphée eut versé tous ses pavots sur le Héros germanique, il s'assoupit, la tête appuyée sur sa lance.

En ce moment, pâle, exténuée, et se soutenant à peine, la Faim, telle qu'un fantôme effrayant, lui apparut en songe.

Nè ancor me scorgi, o duce?
    Disse il mostro : son' io colei che tanto
Implacabile e truce
    Sparsi in questa città la morte e il pianto.

Vuoi tu che segua ancora
    I tristi cibi ad afferrar col dente (4)?
Avran termine; e allora
    Morrà la patria e la tedesca gente.

Vuoi tu che il fero esempio
    Rimirin di Sion le Franche squadre?
Saran con pari scempio
    I lattanti bambini esca a la madre (5).

L' eccelsa rocca il foco
    Distruggerà, nè tu vedrai che arena :
E in te, se tardi un poco,
    Risurgerà di Erisiton la scena.

E quì sul crin la mano
    Scarna posò; cedi, gli disse, e sparve.
Desto il guerrier germano,
    Cesse, e per tutto il vincitor comparve.

« Malheureux, s'écria le monstre, ne me recon-
« nais-tu point? C'est moi dont l'implacable courroux
« a répandu dans ces murs et le deuil et la mort.

« Veux-tu donc réduire les assiégés à chercher leur
« nourriture dans les plus vils alimens? Mais songe
« que bientôt ils en verront la fin : alors la ville entière
« périra, et avec elle tous tes guerriers.

« Veux-tu donc renouveler aux yeux des Français
« les horribles scènes de Jérusalem? Veux-tu qu'encore
« une fois les enfans à la mamelle servent de pâture à
« leur mère?

« Bientôt le feu minera ces remparts, et les réduira
« en poussière; et, pour peu que tu tardes encore,
« tremble en songeant au sort d'Érésichthon. »

A ces mots le monstre, de sa main décharnée sai-
sissant la chevelure du Héros, « Il faut céder », lui
cria-t-il. Il dit, et disparut. Le Guerrier s'éveille,
capitule; et les Français victorieux pénètrent de tous
côtés dans la ville.

Scorre giulivo intorno
    A sollevar l'estenuata terra;
E Wurmser n'esce adorno
    Di quegli onor che meritossi in guerra (6).

Io ti saluto, o bosco,
    Sacro al divo cantor del teucro Enea (7)!
Serba nel sen tuo fosco
    La ben dovuta a lui fronda febea.

Tacque NAPOLEONE:
    Ma voce ascolto, che dintorno romba,
De l'immortal Marone
    Che sembra intuoni ancor l'epica tromba:

Lirici fiori gai
    Ornin la chioma de l'Eroe più degno:
Il calle ch'io segnai,
    Tenterà un dì, non or, l'italo ingegno.

Le soldat triomphant vole par-tout porter des
secours aux habitans exténués, tandis que Wurmser
sort de la ville avec les honneurs de la guerre, digne
prix de son courage.

« Salut, divin bosquet consacré au chantre d'Énée,
« salut! Et puisse sur sa tige heureuse fleurir à jamais
« dans ton sein le laurier qu'il a si bien mérité! »

Ainsi dit Napoléon. Mais quelle est cette voix qui
retentit à l'entour, et qui semble emboucher de nouveau la trompette de l'immortel Virgile?

« Célébrez, célébrez ce Héros sur vos lyres: un
« jour, mais les temps ne sont pas venus, un jour un
« chantre d'Italie s'essaiera sur mes traces, et par-
« courra la carrière que j'ai franchie. »

NOTES DE L'ODE XIX.

(1) Wurmser cède un instant au poids de la fatigue, appuie la tête sur sa lance, et s'endort. Un monstre effrayant, le visage pâle et décharné, et pouvant à peine se soutenir, la Famine enfin, se présente à ce guerrier. « Reconnais-moi, lui dit-elle. C'est moi qui ai répandu dans la ville la déso- « lation et la mort ; c'est moi qui vous ai réduits à ces tristes alimens : si tu « résistes encore, bientôt les affreuses scènes de Sion vont se renouveler « dans cette ville. On verra les mères se repaître de la chair de leurs enfans ; « tout le peuple, tous les soldats périront ». Elle dit, secoue le guerrier, le réveille, et disparaît. Wurmser a reconnu le monstre, il abandonne la ville ; les Français sont les maîtres de ses superbes remparts. NAPOLÉON visite le bosquet de Virgile, il salue ce lieu sacré. Un frémissement se fait entendre ; c'est l'ombre du poëte qui semble emboucher la trompette épique, et promet au Héros un nouveau Virgile italien. Voilà la pensée et la marche de cette ode.

(2)   Chinò il capo su l'asta . . . .

       . . . . . . *ingentem innixus in hastam*
       Æneas.
           (Enéide, liv. XII.)

(3)   Squallida in volto, e mesta,
       Ne' piè tremante pel soverchio stento . . . .

Ce tableau me fait ressouvenir de celui du divin Poëte, où, par des cou- leurs que nul mortel ne saurait imiter, il dépeint le tourment de ces ames affligées par la faim :

     Negli occhi era ciascuna oscura e cava,
       Pallida nella faccia, e tanto scema,
       Che dall' ossa la pelle s' informava.
     Non credo che così a buccia strema
       Erisiton si fusse fatto secco,
       Per digiunar, quando più n' ebbe tema.

Io dicea fra me stesso pensando ; ecco
La gente che perdè Gerusalemme ,
Quando Maria nel figlio diè di becco.
Parean l' occhiaie anella senza gemme :
Chi nel viso degli uomini legge omo ,
Ben avria quivi conosciuto l' emme.
                                    (Purg. XXIII.)

(4)   Vuoi tu che segua ancora
        I tristi cibi ad afferrar col dente?

L'histoire rapporte qu'à l'époque de la reddition de Mantoue, les habitans avaient mangé à-peu-près cinq mille chevaux.

(5)   Vuoi tu che il fero esempio
        Rimirin di Sion le Franche squadre?
        Saran con pari scempio
        I lattanti bambini esca a la madre.

On lit cette pensée dans le supplément de Brotier au cinquième livre des
histoires de Tacite. *Acerbior tamen in dies urbis status : ingravescebat fames :*
auditamque enectos pueros , matrem (fœdum dictu et hactenus inauditum)
filio suo pastam inutili scelere.

(6)   E Wurmser n' esce adorno
        Di quegli onor che meritossi in guerra.

La garnison de Mantoue resta toute prisonnière de guerre , à l'exception
du maréchal comte de Wurmser et de sa suite , à qui NAPOLÉON voulut
donner un témoignage éclatant de la générosité française.

(7)   Io ti saluto , o bosco ,
        Sacro al divo cantor del teucro Enea.

Virgile naquit le jour des Ides d'octobre, sous le premier consulat de

z   46

Cⁿ. Pompée et de M. Licinius Crassus, dans un bourg nommé *Andes*, assez près de Mantoue, et qu'on appelle aujourd'hui *Pietola ;* d'où le Dante :

> *E quell' ombra gentil, per cui si noma*
> *Pietola più che villa Mantovana . . . .*
> (Purg. XVIII.)

Il y a dans ce bourg un bois consacré à la mémoire de Virgile, que Napoléon, avant son entrée dans Mantoue, alla visiter, pour offrir à ce grand poëte le même hommage qu'Alexandre, à la prise de Thebes, rendit à Pindare. On sait que ce grand conquérant, lorsqu'il vit le tombeau d'Achille, touché de cette noble envie qui ne maîtrise que les ames généreuses, s'écria : *O Fortunate adolescens, qui tuæ virtutis Homerum præconem inveneris !* Ce trait d'Alexandre, que Cicéron rapporte, est aussi exprimé par Pétrarque dans ces beaux vers :

> *Giunto Alessandro a la famosa tomba*
> *Del fero Achille, sospirando disse :*
> *O fortunato, che sì chiara tromba*
> *Trovasti, e chi di te sì alto scrisse.*

Or qui pourrait se faire une juste idée de cette flamme divine qui dut s'allumer dans la grande ame de Napoléon, à l'entrée de ce bois sacré, lorsque, couvert des lauriers de tant de glorieuses victoires, il sentit que rien ne pouvait manquer à son immortalité, si ce n'est la trompette d'un Virgile, qui fit retentir son nom dans l'éternité ? Napoléon savait que tout ce qui est l'ouvrage des mortels doit périr comme eux ; que la poésie seule est éternelle ; que c'est elle qui triomphe de l'oubli, et qui arrache les grands hommes au noir séjour du Ténare :

> *Ereptum Stygiis fluctibus Æacum*
> *Virtus, et favor, et lingua potentium*
> *Vatum divitibus consecrat insulis.*

Il savait que les Muses tiennent l'immortalité dans leurs mains, et que de leurs faveurs le mérite reçoit sa récompense ; qu'elles ouvrent aux héros les portes de l'Olympe :

> *Dignum laude virum Musa vetat mori.*
> *Cœlo Musa beat.*

Ce Héros savait enfin que :

Null' è al mondo, che non possano i versi;

pensée que je trouve admirablement exprimée par le prince de nos Poëtes, lorsqu'il dit à Virgile :

o tu che vinci
Tutte le cose, fuor ch' i Demon duri, ...

pour exprimer, à ce que je pense, que la puissance de la poésie est telle qu'elle peut tout subjuguer, hors les démons, savoir les ames les plus rebelles à la vérité, les esprits féroces, inhumains ; ceux enfin qui, plongés dans la turpitude et dans le vice, sont morts, même avant de naître, à tous les sentimens qui ennoblissent l'humanité.

XX.

LA REPUBBLICA CISALPINA.   LA RÉPUBLIQUE CISALPINE.

29 Juin 1797.

Depuis long-tems l'Italie, cette partie si intéressante de l'Europe, gémissait sous la domination étrangère. La République Française avait succédé à la maison d'Autriche par voie de conquête; mais elle avait renoncé à cette succession politique, et la République Cisalpine s'était élevée libre, indépendante, et reconnue dès sa naissance par la France et par l'Empereur. Bonaparte se rendit à Milan, le 29 juin 1797, pour y installer avec solennité le directoire exécutif de la république nouvellement formée.

Cette médaille représente la République Cisalpine sous les traits d'une femme appuyée sur un faisceau, et tenant de la main droite une pique surmontée du bonnet de la Liberté. A ce bonnet est joint un serpent environné d'étoiles, et de la bouche duquel on voit sortir un enfant. Ce sont les armes de la maison de Visconti, anciens ducs de Milan. La légende, FUNDATORI REIPUBLICAE CISALPINAE CIVES, signifie, *Les citoyens au fondateur de la République Cisalpine.*

t.   47

ODE XX. [1]

LA REPUBBLICA CISALPINA.

Cadde l' eccelsa Mantua,
   E del Tirolo, e di Carintia il grembo
Le forti rocche schiusero
   Al fero inondator gallico nembo (2).

Lo stesso eroe germanico,
   L' esimio Carlo, l'armi sue temute,
Presso il fraterno solio,
   Mirò bersaglio de la mia virtute (3).

ODE XX.

LA RÉPUBLIQUE CISALPINE.

Mantoue succombe, et toutes les forteresses du Tyrol et de la Carinthie ouvrent leurs portes aux Français, qui s'y précipitent comme des torrens.

« Le Héros de la Germanie, le magnanime Charles « lui-même, a vu jusqu'aux portes de Vienne ses armes « redoutables céder à l'effort de mon bras.

Palpiti là de l' Adria
    Pel torto audace l' oligarca indegno (4):
Sotto la sferza austriaca
    Soffra il rigore d' un guerriero sdegno (5).

I' feci tregua; or riedere (6)
    A te l' Europa non mi vegga invano :
Sarai per me tu libera,
    O diletta città, bella Milano (7).

Udillo; e a la propizia
    Sorte, che altera le brillava intorno,
Eterno feo col giubilo
    La donna insubre il memorando giorno.

I genj de la patria
    Schierati al fianco de l' invitto Duce
Inni di laude sciolsero,
    E lo investiro di novella luce.

Vanne, Padre magnanimo;
    Reca indi a noi l' olivo sospirato :
Si, per te nutre Italia
    In cor la speme de l' antico fato.

« Déja la Reine de l'Adriatique, Venise, palpite
« d'effroi au souvenir de sa lâche trahison. Je veux
« que pour expier son crime elle subisse le joug, et
« s'humilie sous le sceptre du Germain vengeur.

« Mais la trève est signée ; je reviens maintenant à
« toi, noble cité des Lombards : tu seras libre désor-
« mais, et c'est à moi que tu seras redevable de ta
« liberté. »

Ainsi dit NAPOLÉON ; et, par des transports et des
chants d'alégresse, la Reine de l'Insubrie salua ce jour
mémorable, aurore des jours de gloire qui devaient
briller pour elle.

Les harmonieux enfans d'Apollon, rangés autour
du Guerrier, faisaient retentir l'air de leurs chants
divins, et le triomphe du Héros en recevait un nouvel
éclat.

« Père de la patrie, s'écriaient-ils, poursuis ta noble
« carrière, et donne-nous l'olivier desiré : oui, c'est
« par toi seul que l'Italie nourrit encore au fond du
« cœur l'espoir de son antique destin. »

Scotean l' aurea settemplice
    Lira le Muse del rotante cielo (8):
Fè plauso a i desir fervidi
    Sul divo plettro il regnator di Dèlo. (9)

En ce moment les sept Filles immortelles qui con-
duisent les cieux agitaient leurs lyres d'or, et le Dieu
qui règne à Délos mariait les accords de son luth au
bruit de leurs concerts.

NOTES DE L'ODE XX.

(1) Pour ce qui regarde le mécanisme des vers dont cette ode est composée, le premier et le troisième sont des vers glissans de sept syllabes, qui ne
sont point soumis au joug de la rime ; le deuxième et le quatrième sont des
vers unis de onze syllabes, se répondant par la même consonnance de la
rime. Le ton décidé, impétueux, des petits vers, tempéré par la lenteur et
la majesté des grands vers, forme un accord admirable.

(2)   Cadde l' eccelsa Mantua
              E del Tirolo , e di Carintia il grembo
          Le forti rocche schiusero
              Al fero inondator gallico nembo.

Après six mois de la plus opiniâtre résistance, Mantoue ouvre enfin ses
portes au Héros de l'Italie. Déja l'ennemi a été foudroyé sur la rive de la
Piave et du Tagliamento ; et, malgré les ombres de la nuit, le village de
Gradisca est emporté, les Autrichiens mis en pleine déroute, le prince
Charles forcé à une fuite précipitée ; le fort de la Chiusa est en notre pouvoir,
et les colonnes françaises ont traversé le Tyrol, ces boulevards des Etats
autrichiens réputés jadis inaccessibles. Déja les ennemis sont repoussés de
la Carinthie et de la Carniole, et nous sommes les maîtres de la ville de
Clagenfurth, capitale des deux Carinthies, ainsi que des gorges d'Inspruck.
NAPOLÉON poursuit ses victoires. Une division, formant l'avant-garde, rencontre l'arrière-garde ennemie dans les gorges de Freisach et Neumarck, et
culebute toutes les positions qu'elle veut prendre. En vain l'archiduc Charles
envoie à son secours huit bataillons de grenadiers, ils sont mis en une
déroute complète, et le champ de bataille est jonché de cadavres.

(3)   Lo stesso Eroe germanico,
              L' esimio Carlo, l' armi sue temute
          Presso il fraterno solio
              Mirò bersaglio de la mia virtute.

Malgré la valeur et les talens militaires du prince Charles, tout a ployé devant les colonnes guidées par NAPOLÉON. L'armée française n'est plus qu'à vingt-neuf lieues de Vienne; l'inquiétude et l'alarme ont pénétré jusque dans le sein de la cour impériale.

(4)   *Palpiti là de l' Adria*
        Pel torto audace l' oligarca indegno.

Un voile ténébreux, une nuit éternelle doivent ensevelir à jamais dans l'oubli ce massacre affreux de trois cents Français malades dans les hôpitaux de Vérone, exécuté de sang-froid par une bande de malheureux que le fanatisme et la trahison avaient armés contre nous. Bonaparte a foudroyé les coupables, a pardonné aux faibles égarés, et le peuple de Venise s'est depuis rendu digne d'être mis au nombre des sujets de NAPOLÉON.

(5)   *Sotto la sferza Austriaca*
        Soffra il rigore d' un guerriero sdegno.

Par le traité de paix de Campo-Formio, Venise fut cédée à l'Empereur d'Allemagne.

Les Français, pour enrichir la capitale du monde, s'emparèrent de plusieurs monumens, et entre autres des quatre chevaux de bronze, ouvrage du célèbre Lysippe de Sicyone, qui vivait du tems d'Alexandre-le-Grand. Ces chevaux, transportés de Corinthe à Rome, où ils avaient été attelés au char du Soleil, servirent à l'arc de triomphe de Néron après sa victoire sur les Parthes. De Rome ils furent transportés à Constantinople, d'où les Vénitiens les enlevèrent au commencement du treizième siècle, et les placèrent au-dessus de la principale porte de l'église de Saint-Marc. Amenés à Paris, ils font aujourd'hui le plus bel ornement de la superbe place du Carrousel.

(6)   Io feci tregua.

L'Empereur d'Autriche, voyant le danger croître de plus en plus, demande une suspension d'armes, qui lui est accordée. Cette suspension amena des préliminaires de paix, qui furent signés à Léoben, village à vingt-neuf lieues de Vienne, par lesquels l'Empereur d'Autriche renonça à la Belgique, et reconnut l'établissement et l'indépendance d'une république dans la Lombardie.

(7)   Sarai per me tu libera,
          O diletta città, bella Milano.

La République Cisalpine fut fondée par Bonaparte, le 16 novembre 1797. C'est aux soins paternels de NAPOLÉON que la ville de Milan doit le commencement et les progrès de cette grandeur et de cette prospérité dont elle jouit aujourd'hui.

(8)   Scotean l' aurea settemplice
         Lira le muse del rotante cielo . . . .

La même pensée se retrouve dans la Jérusalem délivrée, où l'ame bienheureuse d'Ugon dit à Godefroi dans sa vision :

> *E in angeliche tempre odi le dive*
> *Sirene, e 'l suon di lor celeste lira.*
>
> (Chant XIV.)

Plusieurs anciens philosophes et plusieurs poëtes, au lieu du Parnasse, de l'Hélicon, du Pinde, ont donné aux Muses pour séjour les sphères célestes. Esiode, Platon, et Ennius, sont de ce nombre. Ce dernier a dit :

> *Musæ, quæ pedibus magnum pulsatis olympum.*

Alexandre d'Ephèse a donné à chaque planète une lyre de sept cordes. Il exprime cette pensée en deux vers grecs, que Varius, poëte latin, traduit ainsi : *Primum huic nervis septem intenta fides, variique additi vocum modi, ad quos mundi resonat tenor sua se volventes in vestigia.*

(9)   Sul divo plettro il regnator di Delo.

Le poëte reproduit ici la belle pensée que Varron lui a fournie dans ces vers :

> *Vidit et ætherio mundum torquerier axe,*
> *Et septem æternis sonitum dare vocibus orbes,*
> *Nitentes aliis alios, quæ maxima divis*
> *Lætitia stat, tunc longe gratissima Phœbi*
> *Dextera consimiles meditatur reddere voces.*

Par ces images, on a voulu exprimer l'harmonie que les Pythagoriciens disaient être l'effet du mouvement des sphères, de cette harmonie dont l'orateur romain, dans le songe de Scipion :

Quis, inquam, quis est qui complet aures meas, tantus et tam dulcis sonus?

de cette harmonie enfin que le Dante, à son premier élan de la terre vers le ciel, entendit circuler dans les sphères :

Quando la ruota, che tu sempiterni
Desiderato, a se mi fece atteso,
Con l' armonia, che temperi, e discerni.

. . . .

La novità del suono, e 'l grande lume
Di lor cagion m' accesero un disio
Mai non sentito di cotanto acume.

XXI.

IL RITORNO TRIONFANTE IN PARIGI.   RENTRÉE TRIOMPHANTE DANS PARIS.

6 décembre 1797.

Après plusieurs combats de plus en plus funestes à l'ennemi, et dans l'impuissance d'arrêter les progrès des troupes françaises, qui déja marchaient sur Vienne, l'empereur d'Autriche avait demandé la paix. Les articles préliminaires en avaient été arrêtés à Léoben, le 18 avril 1797, et le traité signé à Campo-Formio, le 18 octobre suivant. Ce fut après cette derniere époque, et le 6 décembre, que Bonaparte retourna à Paris, où le conquérant de l'Italie et le pacificateur de la France fut accueilli avec un enthousiasme digne de sa grande renommée.

La médaille représente un guerrier couronné par la Victoire, tenant, d'une main, une lance, et de l'autre, un trophée. On voit Paris figuré par la Nymphe de la Seine, et les citoyens de cette capitale, qui, portant des lauriers et des palmes, se pressent en foule sur les pas du triomphateur La légende, REDITUS TRIUMPHALIS LUTETIAM, signifie, *Rentrée triomphante dans Paris.*

ODE XXI.

IL RITORNO TRIONFANTE IN PARIGI.

Il ciel più bello, che splenda fulgido
   Col cerchio curvo, copre Lutezia (1),
   Regale, antica terra,
   Famosa in pace, e in guerra (2).

Conscia de i tanti trionfi nobili,
   Ch' ornano il crine del Duce italico,
   Grata pel suo ritorno
   Gli sacra fausto giorno (3).

ODE XXI.

RENTRÉE TRIOMPHANTE A PARIS.

L<small>E</small> ciel est pur, et l'astre du jour qui s'élève radieux à la voûte céleste inonde de ses feux l'antique Lutèce, cité royale, également fameuse dans la paix et dans la guerre.

Ravie d'admiration à l'aspect des nombreux lauriers qui couvrent le front du Héros, elle veut, dans sa reconnaissance, consacrer ce jour tout entier à sa gloire et à son triomphe.

Ei stringe un verde ramo di lauro,
   Fregio di mirto tien su le tempie (4):
   Passa così le soglie
   Di lei, che in sen l'accoglie.

L'onor, che un tempo sul biondo Tevere
   Largìa la prisca figlia di Romolo,
   Ilare accorda a lui
   Per gli alti merti sui (5).

Non ci ha chi nieghi tra 'l folto popolo
   Al gran Campione serto di laude:
   A i lor figli leggiadri
   L'accennano le madri.

Figli, seguite cotanto esempio;
   L'orme calcate d'Esso, e la patria
   Potrà sperare in voi
   Serie di eccelsi eroi.

Ma un tal pomposo gaudio or si compie:
   E il Duce? Il Duce sen corre celere
   Pago a mischiarsi, e solo
   Fra il lieto amico stuolo (6).

Couronné de myrte, une branche de laurier à la main, le Héros franchit les portes et pénètre au sein de la ville, qui l'accueille avec transport.

Et ces honneurs du triomphe que sur les bords du Tibre accordait jadis à ses guerriers l'antique fille de Romulus, Paris les décerne aujourd'hui à Napoléon, pour prix de ses hauts faits.

Et au milieu de cette immense foule du peuple rassemblé, il n'est personne qui n'adresse un tribut de louanges à ce chef intrépide : les mères avec complaisance le montrent à leurs enfans.

« Suivez, leur disent-elles, suivez ce grand exemple: « hâtez-vous de marcher sur ses nobles traces, et la « patrie reconnaissante bénira en vous une race de « héros. »

Mais déja la pompe triomphale touche à sa fin : le Guerrier, toujours modeste, se dérobe à la multitude, et court oublier sa gloire au milieu d'un cercle d'amis fidèles.

Tal poi che l' Equo vinse, ed il Volscio,
  E di periglio trasse Minuzio,
  A l' aratro ritorno
  Fè Cincinnato un giorno (7).

Tel, après avoir vaincu les Volsques et les Etrusques et délivré Minutius, on vit autrefois Cincinnatus retourner à sa charrue.

NOTES DE L'ODE XXI.

(1)   Il ciel più bello, che splenda fulgido
              Col cerchio curvo . . . .

Le poëte ayant intéressé à la gloire du Héros les dieux, les hommes, et les élémens eux-mêmes, suppose que le ciel de Paris annonce ce grand jour aux mortels par une sérénité nouvelle et un éclat extraordinaire du soleil.

(2)   Regale, antica terra
              Famosa in pace, e in guerra.

Les événemens dont les époques et les circonstances n'ont pas été confiées à l'histoire par des écrivains éclairés et amis de la vérité, donnent souvent lieu à une multiplicité d'opinions différentes, qui nous laissent presque toujours dans l'ignorance, ou dans l'incertitude des faits. L'époque de la fondation de Paris est de ce nombre. Les uns disent que Samothes, qui vivait du tems de Noé, jeta les premiers fondemens de cette ville ; d'autres, qu'elle fut bâtie par un roi des Gaulois nommé *Paris*, et successeur de Romus, qui lui donna son nom. Ceux-ci pensent qu'elle a été édifiée par une bande de Troyens qui, après la ruine de Troie, passèrent dans les Gaules, et lui donnèrent le nom du fils de Priam. Ceux-là, que *Paris*, descendant de Japhet, fils de Noé, en fut le fondateur. Nous nous bornerons à dire avec Eusèbe, que Paris est plus ancienne que Rome. Nous ajouterons que Jules César parle de cette ville ; qu'il l'augmenta de plusieurs édifices, qu'il l'entoura de murs, et que pour cela elle fut aussi nommée *Ville-Jules*.

. . . . . *Lutezia*. On a dit que ce nom vient d'un mot grec, qui signifie *blancheur*, et qu'on l'a donné à la ville de Paris à cause de la blancheur de ses murs. On a dit aussi que ce nom est tiré d'un mot grec signifiant *hardiesse et liberté de parler sans flatterie*, et qu'on l'a donné à cette ville, parceque tel est en effet le caractère de ses habitans. Cette opinion est fondée sur celle qu'exprime dans ces vers Guillaume le Breton, qui vivait dans le XIIIᵉ siècle, auteur d'un poëme en douze livres, qu'il nomme *la Philippide*, ou *des Gestes du roi Philippe Auguste :*

> *Finibus egressi patriis, per Gallica rura*
> *Sedem quærebant ponendis mœnibus aptam,*
> *Et se Parisios dixerunt nomine græco,*
> *Quod sonat expositum nostris, audacia, verbis*
> *Erroris causa vitandi, nomine solo*
> *A quibus exierant Francis distare volentes.*

Mais cet auteur a aussi donné lieu à une opinion bien différente par ces vers :

> *. . . . . . quoniam tunc temporis illam*
> *Reddebat palus, et terræ pinguedo lutosam,*
> *Aptum Parisii posuere Lutetia nomen.*

(3)   Conscia de i tanti trionfi nobili,
     Ch'ornano il crine del Duce italico,
     Grata pel suo ritorno
     Gli sacra fausto giorno.

Etonnée des prodiges opérés par le pacificateur du continent, la France reconnoissante voulut payer à son héros le plus juste tribut de gratitude et d'amour, lorsque, couvert de mille palmes triomphales, il revint du congrès de Rastadt, portant dans sa main victorieuse le traité de paix conclu avec l'empereur d'Allemagne. Ce jour à jamais mémorable fut célébré par la nation entière avec un enthousiasme extraordinaire, et consigné dans les annales de nos exploits comme un monument impérissable élevé à la gloire de NAPOLÉON.

On se souviendra aussi que les peuples de l'Italie, qui avaient admiré de plus près les exploits du héros, et ressenti les premiers les effets heureux de ses victoires, avaient fait frapper une médaille en mémoire de tant de prodiges. Sur l'un des côtés on voyait le portrait du héros avec le surnom d'*Italique*.

(4)   Ei stringe un verde ramo di lauro,
     Fregio di mirto tien su le tempie.

La branche de laurier que l'on voit dans les médailles des empereurs, marque leurs victoires, leurs conquêtes et leurs triomphes. Le myrte dont les vainqueurs dans les jeux isthmiques étaient couronnés, est devenu aussi le symbole des victoires et des triomphes des héros.

La couronne de laurier n'est donnée qu'aux empereurs et aux poëtes ; d'où Pétrarque :

Arbor vittoriosa e trionfale,
Onor d' Imperadori e di Poeti . . . .

et le Dante :

Sì rade volte , padre , se ne coglie ,
Per trionfare o Cesare , o Poeta ,
(Colpa e vergogna dell' umane voglie),
Che partorir letizia in su la lieta
Delfica deità dovria la fronda
Peneia , quando alcun di se asseta.

(5)   L'onor, che un tempo sul biondo Tevere
        Largìa la prisca figlia di Romolo,
        Ilare accorda a lui
        Per gli alti merti sui.

Dans le triomphe , appelé *ovation*, que les Romains accordaient aux généraux d'armée , le vainqueur entrait à Rome à pied, ou , selon le sentiment de quelques historiens, à cheval, portant sur sa tête une couronne de myrte , accompagné des sénateurs et suivi de son armée. On appelait ce triomphe *ovation*, soit par le cri O ! que les Romains étonnés laissèrent échapper la première fois qu'ils le virent ; soit à cause du sacrifice d'une brebis, appelée en latin *ovis*, qu'on immolait au capitole ; au lieu que dans le grand triomphe on sacrifiait un taureau. Le premier qui reçut l'honneur de ce triomphe fut P. Posthumius Tubertus , consul l'an 250 de la fondation de Rome , après avoir défait les Sabins.

(6)   Pago a mischiarsi, e solo
        Fra il lieto amico stuolo.

Le poète a voulu exprimer ici ce contraste admirable de la contenance simple et modeste de ce héros qui avoit vu les Apennins, les rochers du Tyrol et de la Carinthie s'aplanir sous ses pas, avec cette gloire immense dont le brillant éclat avait déjà ébloui tous les peuples de la terre.

LA NAPOLÉONIDE.

207

(7)   Tal poi che l' Equo vinse, ed il Volscio,
      E di periglio trasse Minuzio,
      A l' aratro ritorno
      Fè Cincinnato un giorno.

Voyez l'histoire de ce grand personnage dans Valer. max. liv. II, chap. II, et liv. IV, chap. I; dans Pline, *de vir. illustr. de Lucio Quintio Cincinnato;* et dans Orose, liv. II, chap. XII.

. . . . . *Cincinnato.* Ce nom, dérivé de *cincinnus* ou *cinnus* (mélange, confusion), fut donné à L. Quintius, à cause de la négligence de ses cheveux, conforme à la vie âpre et sauvage qu'il menait; d'où Pétrarque :

>   *E Cincinnato con la inculta chioma;*

et le Dante :

>   . . . . . . *Quintio, che dal cirro*
>   *Negletto fu nomato.*
>   (Parad. VI.)

XXII.

LA SPEDIZIONE IN EGITTO.   L'EXPÉDITION D'ÉGYPTE.

20 mai 1798.

LE séjour de Bonaparte à Paris, après la paix de Campo-Formio, fut employé à combiner et à mûrir le projet d'une expédition sur l'Egypte, expédition déguisée sous les apparences d'un projet de descente en Angleterre. Bonaparte, nommé commandant en chef de l'armée destinée à cette expédition, se rendit à Brest et à Toulon, pour en surveiller et hâter l'organisation et les mouvemens. C'est de ce dernier port, et le 20 mai 1798, que partit la flotte qui portait les troupes de débarquement. Le secret qui couvrit le projet de l'expédition sur l'Egypte, fut le résultat des mesures qu'on prit pour donner constamment le change à l'opinion, sans nuire toutefois aux dispositions néces-saires pour assurer le succès de l'entreprise.

LE type de cette médaille représente un vaisseau, sur la poupe duquel on voit un Triton embouchant la trompette; et sur la proue, un guerrier ayant des enseignes derrière lui et à son côté. La légende, EXPEDITIO IN AEGYPTUM, signifie, *Expé-dition en Égypte.*

I   53

ODE XXII.

LA SPEDIZIONE IN EGITTO.

Virtù verace è d'ombra (1)
Spesso ad invido spirto neghittoso;
Di cure egre l'ingombra,
E ogni calma gli fura, ogni riposo;
Torvo l'osserva, e dice:
Render mi puote un dì questa infelice.

O fusse invidia rea (2),
O fusse amor pel Capitano invitto,
Nacque la grande idea,
Che lunge andasse a conquistar l'Egitto.
La peregrina impresa
Ei scorge appieno, e già ne ha l'alma accesa.

ODE XXII.

L'EXPÉDITION D'ÉGYPTE.

Il est rare que la vertu courageuse ne fasse pas ombrage à l'envie, et ne soit pour elle une source de mortelles inquiétudes. Dès que son œil louche a pu la découvrir, il n'est plus pour elle ni paix ni repos : « C'est sur mon abaissement, se dit-elle, « qu'elle fonde son élévation future. »

Soit envie, soit amour pour le Héros invincible, bientôt se manifesta cette grande pensée : « Qu'il « aille conquérir l'Égypte » ! Napoléon saisit avidement cette idée, féconde en grands résultats; et déja son ame ne respire que l'expédition sur les bords lointains.

LA NAPOLEONIDE.

Cred' io, che in sogno amico (3)
Sì lo 'nfiammasse di Filippo il figlio:
Va pur, chè a te predico
Il lieto mio destin ; sprezza il periglio :
Fian di tua gloria piene
Le celesti del Nilo illustri arene.

Gode a l' augurio, e scioglie
Quinci dal lido le congiunte vele (4);
E di Peleo la moglie (5) :
Viemmi a sedar del cor l' aspre querele :
Hai mille pregj e mille;
T' accetto invece de l' estinto Achille.

Nettun scosse il tridente;
Vuoi tu così, sclamò, regal mia Teti?
Dunque l' Eroe lucente
Sicuro scorra su i volanti abeti :
Nol turbi equorea lotta;
Tacciano i venti entro l' eolia grotta.

Et peut-être qu'au milieu d'un songe favorable lui
apparut le magnanime fils de Philippe, échauffant en
ces mots son jeune courage : « Pars ; une gloire pareille
« à la mienne t'attend aux bords africains ; ne songe
« point aux dangers. Un jour le Nil et ses rivages
« retentiront du bruit de tes exploits. »

Le Héros accepte l'augure, et fait déployer les
voiles : en ce moment, la plus belle des Néréides, la
divine épouse de Pélée, élevant sa tête au-dessus des
flots : « Viens, ô mon fils, s'écria-t-elle, appaiser le
« trouble de mon cœur : je te connais, tu possèdes
« mille et mille vertus ; viens, tu me tiendras lieu
« d'Achille. »

Neptune agitant son trident : « Sont-ce là tes vœux,
« ô divine Thétis ? Que ton Héros, j'y consens, monté
« sur ses barques rapides, fende avec sécurité le sein
« des vastes mers ; qu'aucun obstacle ne l'arrête ; et
« qu'enfermés dans leurs antres profonds, les fils
« d'Eole se taisent devant lui. »

NOTES DE L'ODE XXII.

(1)   Virtù verace è d' ombra
           Spesso ad invido spirto neghittoso. . . . .

Les hommes que leur mérite a mis au-dessus du vulgaire ont toujours éprouvé plus ou moins les atteintes de l'envie :

        Urit enim splendore suo qui prægravat artes
        Infra se positas.
                (Hor. epist. 1. lib. II.)

Les anciens honoraient cette malfaisante divinité, par la crainte de se voir exposés à ses fureurs. Ils la représentaient sous les traits d'une femme extrêmement laide, les yeux égarés et très enfoncés dans la tête, ayant pour cheveux de petites couleuvres. Dans une main elle tient trois serpens, et une hydre à sept têtes dans l'autre. Un serpent lui ronge le sein.

L'envie épargne le vice, et n'attaque que la vertu ; d'où l'historien philosophe : *Impune probra, et invidiam in bonos* (An. liv. 3. 36); et Ovide, dans la hideuse description qu'il fait de ce monstre et de sa triste demeure :

        Sed videt ingratos, intabescitque videndo,
        Successus hominum.
                (Métam. liv. II, v. 780.)

Hercule, ce vainqueur de l'hydre et de tous les monstres que lui opposait le destin, éprouva que la mort seule peut désarmer l'envie :

        . . . . diram qui contudit hydram,
        Notaque fatali portenta labore subegit,
        Comperit invidiam supremo fine domari.
                (Hor. lib. II, epist. 1.)

L'envie est le supplice d'elle-même. Le grand Alexandre disait, *que les envieux ne sont autre chose que le tourment et les bourreaux d'eux-mêmes.* Horace (lib. I, epist. 2) dit :

        Invidus alterius rebus marcescit opimis;
        Invidiâ siculi non invenere tyranni
        Tormentum majus.

Ovide (Métam. lib. II) :

Suppliciumque suum est.

Et enfin cette douce sirène de Parthenope :

L' invidia, figliuol mio, se stessa macera
E si dilegua, come agnel per fascino.

Mais que ceux qui, par leurs talens ou leurs vertus, excitent contre eux l'envie, se consolent. Le souffle empesté de ce monstre est semblable à un vent impétueux qui frappe avec plus de violence les cimes les plus élevées.

E ciò non fa d' onor poco argomento.

(2)   O fusse invidia rea,
         O fusse amor pel Capitano invitto,
         Nacque la grande idea,
         Che lunge andasse a conquistar l' Egitto.

Quelle que soit l'opinion de ceux qui, avant nous, ont recherché les motifs de cette mémorable expédition, nous pensons que cette grande idée, ce projet hardi de conquérir un nouveau monde, de porter la gloire des armes françaises dans les brûlantes contrées de l'Egypte, de donner des principes libéraux à un pays depuis si long-tems avili sous le joug du despotisme et de la superstition, d'établir une colonie de savans au milieu d'un peuple abruti par l'ignorance, de rallumer sur cette terre le feu sacré des sciences et des arts ; cette pensée, dis-je, cette vaste conception, nouvelle source de grandeur et de richesse pour la France, de prospérité et de bonheur pour l'humanité entière, ne pouvait être qu'une émanation du génie de cet homme qui était seul capable de la réaliser, de celui qui déja avait rempli de sa gloire le reste du monde ; de celui qui, par ce coup-d'œil indépendant du hasard, savait maîtriser l'avenir, et qui, par ses inspirations vraiment célestes, avait mille fois déconcerté les plus savantes combinaisons de l'ennemi ; de celui à qui son audace sublime et son héroïsme assuraient toujours les conquêtes les plus difficiles ; de celui enfin qui, après avoir cueilli tant de palmes triomphales sur les rives du Pô, de l'Adige, et du Rhin, venait de donner à la France une paix si glorieuse. Ainsi donc nous pensons que l'idée de cette mémorable expédition est due tout entière au génie du Héros qui sut triompher là où succomba saint Louis, et qui se rendit maître du pays qu'avaient occupé les Pharaons, les Sésostris, Alexandre, et Cléopâtre.

(3)   Cred' io che in sogno amico
             Sì lo 'nfiammasse di Filippo il figlio.

Cette fiction me semble amenée ici très à propos, puisque Bonaparte, en réalisant cette étonnante expédition, entrait en communauté de gloire avec le fondateur d'Alexandrie, et allait renouveler sur les bords du Nil les travaux, les bienfaits, et les vertus de ce grand conquérant.

(4)   . . . . scioglie
         Quinci dal lido le congiunte vele.

Après qu'il eut enflammé d'un nouveau courage ses soldats, on vit le vainqueur d'Italie, cet amiral, ce nouveau Jason, conduire sur son escadre l'élite de ces braves que n'avaient point arrêtés ni les remparts de Mantoue, ni les fleuves et les marais d'Italie, ni les cimes inaccessibles du Tyrol.

En sortant de Toulon, l'escadre était composée de 194 voiles, portant 19,000 hommes de débarquement, et 2000 environ d'employés, artistes, savans, etc.

(5)   E di Peleo la moglie. . . . .

Le poëte, après avoir intéressé à la gloire du Héros la terre et le ciel, inspire le même intérêt aux puissances maritimes. Thétis, toujours désolée de la perte de son fils immortel, trouve enfin dans Bonaparte, après tant de siècles, un Héros digne de remplacer l'objet de son amour maternel; elle l'adopte pour son fils, et engage Neptune à lui accorder sa puissante protection.

XXIII.

LA CONQUISTA DI MALTA.   LA PRISE DE MALTE.

12 juin 1798.

Le 10 juin 1798, vingt jours après son départ de Toulon, la flotte d'expédition sur l'Egypte était devant Malte. La faculté de faire de l'eau dans les différens mouillages de l'île, ayant été, sous des prétextes frivoles, refusée au commandant de l'armée française par le gouvernement maltais, ce refus fut regardé comme un nouveau caractère des dispositions hostiles manifestées jusqu'alors dans diverses circonstances. Les troupes françaises furent de suite mises à terre; la place fut investie; et déja le surlendemain, 12 juin 1798, après quelques résistances facilement surmontées, la ville et les forts de Malte furent remis au pouvoir de Bonaparte.

Cette médaille représente l'île de Malte sous les traits d'une femme cernée par des vaisseaux, dans l'attitude de l'humiliation et de la douleur, et derrière laquelle on voit une enseigne. La légende, MELITA INSULA DEVICTA, veut dire, *Prise de l'île de Malte.*

I.   55

ODE XXIII.

LA CONQUISTA DI MALTA.

Presso il siculo suol stassi la fertile (1)
   Malta potente in armi:
Sinor sprezzò l' altrui furor, lo strepito (2)
   De i marzìali carmi.

De' campi ondosi per l'immenso spazio
   Volar si scorge incontro
La gallica naval selva foltissima,
   Nè pave ancor lo scontro.

ODE XXIII.

LA PRISE DE MALTE.

Non loin des rivages de la Sicile s'élève Malte, île fertile que la nature et l'art ont pris soin de fortifier. Jusqu'alors elle avait contemplé d'un œil serein la guerre allumée autour d'elle, et son oreille avait méprisé les chants de guerre de ses ennemis.

Du haut de ses rochers elle découvre au loin, sur les vastes plaines de l'Océan, les innombrables voiles du Héros, qui s'avancent contre elle; mais son cœur n'en est point épouvanté.

Osa negarle audace il dolce e limpido (3)
    Umor, ch' ei chiede amico;
Ma il musulman non è, questi è l' italico
    Eroe d' onte nemico.

Ignora forse, che il tonante Egioco
    Quasi gli diè sua forza?
Che i materni d' amor suoi voti fervidi (4)
    Tetide in esso ammorza?

E che de l' acque il regnator saturnio
    Per la stigia palude
Giurò, che non avrà su d' esse ostacolo
    Unqua la sua virtude?

Non siagli contro ardito alcun! Già premono (5)
    Le Franche prore il lito;
Ed i guerrieri sitibondi scorrono (6)
    Ogni ferace sito.

Oh invitta isola un dì! Le meste lacrime
    Tergi, e serena il ciglio:
NAPOLEON, che t' espugnò sì rapido,
    De' sommi numi è figlio.

Elle ose, dans son audace, lui défendre de se désal-
térer aux sources des douces ondes qui jaillissent de
son sein. Malheureuse! penses-tu donc avoir affaire
au Musulman? ne vois-tu donc pas que c'est le Héros
d'Italie, qui jamais n'a laissé une injure impunie?

Tu ignores peut-être que Jupiter tonnant lui a
confié son foudre, et que Thétis a retrouvé en lui un
fils digne d'elle, un fils qui lui rappelle Achille, et la
console de sa perte.

Tu ne sais donc pas que le Dieu puissant de l'onde
a juré par les eaux du Styx que la valeur de ce jeune
Guerrier ne rencontrera point d'obstacle sur les
humides flots?

Malheur à l'insensé qui oserait lui résister! Mais
déja les proues touchent le rivage; le Français altéré
s'y précipite en foule, et court d'un pas rapide reconnaître les plus beaux sites de cette heureuse terre.

Ile fortunée, jusqu'alors invincible, essuie tes
larmes et appaise tes soupirs: celui qui t'a si promptement vaincue, c'est Napoléon, c'est le fils des
Dieux!

NOTES DE L'ODE XXIII.

(1)   Presso il siculo suol stassi la fertile
           Malta potente in armi.

L'île de Malte , ce fameux boulevard de la Méditerranée , est située entre
la Sicile vers le septentrion , et Tunis vers le midi : le trajet de la Sicile en
cette île est d'environ vingt-cinq lieues. L'empereur Charles-Quint donna
l'île de Malte , en 1530 , aux chevaliers de l'ordre de Saint-Jean-de-Jérusalem ,
après leur avoir enlevé celles de Rhodes.

Ce pays n'a presque pas de bled ; le bois y est très rare ; mais il produit
de très beaux raisins , du millet , du coton.

Malte , capitale de l'île , est presque imprenable , non seulement par ses
fortifications très régulières , mais aussi parcequ'il n'y a pas de terre à cinq
cents pas à la ronde. Son port est le plus beau et le plus sûr de la Méditerranée : on l'appelle *le Cap de Bonne Espérance.*

La conquête de cette île était très importante pour nous. On assurait par
elle nos relations avec l'Egypte ; nos rapports avec le Levant devenaient plus
étendus ; Naples et la Grèce étaient , par elle , sous notre empire , ou sous
notre protection.

(2)   Sinor sprezzò l' altrui furor, lo strepito
           De i marziali carmi.

Malte , en 1565 , soutint un siége de quatre mois contre Soliman II , et vit
échouer et se briser contre ses superbes remparts toutes les forces de l'Orient ,
commandées par le terrible Dragut.

Le savant Denon , en méditant sur la grandeur passée de cette île , et
témoin de ce qu'elle était en ce moment , dit : « Quand je me peignis cette
« masse de gloire , acquise et conservée pendant des siècles , venant se briser
« contre la fortune de Bonaparte , il me sembla entendre frémir les mânes
« des Lisle-Adam , des Lavalette ; et je crus voir le Tems faire le plus illustre
« sacrifice à la Philosophie , de la plus auguste de toutes les illusions ».
(Voyage dans la basse et dans la haute Egypte, tome I.)

(3)   Osa negarle audace il dolce e limpido
        Umor, ch' ei chiede amico ;

L'escadre étant arrivée à la vue de l'île de Gozo, appelée par les Latins
Gozus et *Cosyra ,* Bonaparte envoya demander au Grand-Maître la permission de faire de l'eau dans les différens mouillages de l'île. Cette permission
fut refusée, sur de vains prétextes ; il fallut donc employer la force. L'ordre
est donné aussitôt à l'amiral Brueys , commandant l'escadre , de faire des
préparatifs pour la descente ; le jour suivant, nos troupes touchent la terre
sur tous les points ; et , malgré une vive canonnade, le soir l'île est entièrement soumise , et Malte , sa capitale , investie de toutes parts. Une canonnade très vive continue ; les chevaliers et les habitans tentent une sortie :
mais rien ne peut arrêter les Français. Le drapeau d'ordre est enlevé , et
déja le Grand-Maître ne pense plus qu'à capituler. La ville et les forts de
Malte sont remis à l'armée française , et les chevaliers renoncent à tous
droits de souveraineté et de propriété tant sur cette île que sur celle de
Gozo et de Cumino.

(4)   Che i materni d' amor suoi moti fervidi
        Tetide in esso ammorza ?

Voyez la quatrième strophe de l'ode précédente, où Thétis reconnaît
NAPOLÉON digne de remplacer dans son cœur le fils que le destin lui a
enlevé.

(5)   Non siagli contro ardito alcun !

Expression empruntée de ces vers du Dante :

        Però ti sta ; che tu se' ben punito ;
        E guarda ben la mal tolta moneta ,
        Ch' esser ti fece contro Carlo ardito.

(6)   Ed i guerrieri sitibondi scorrono
        Ogni ferace sito.

Dès que la capitulation fut conclue , l'armée française entra dans la ville
et dans les forts de Malte. Elle s'empara de deux vaisseaux de guerre , d'une frégate , et de quatre galères , de douze cents pièces de canon, de quinze mil-

liers de poudre, de quinze mille fusils, et d'un grand nombre d'autres effets de guerre.

> . . . . ferace sito.

Ovide, dans le troisième livre des Fastes, qualifie de même ce pays :

> Fertilis est Melite sterili vicina Cosyrai,
>   Insula quam Lybici verberat unda freti.

XXIV.

LA CONQUISTA D'ALESSANDRIA.   LA PRISE D'ALEXANDRIE.

3 juillet 1798.

Après la prise de Malte, la flotte d'expédition se remit en marche vers le lieu de sa destination. Le 2 juillet 1798, elle arriva devant Alexandrie. Le débarquement des troupes s'opéra de suite, à une lieue de la ville. Bonaparte lui-même descendit sur une galère, à la suite des colonnes. Le lendemain à la pointe du jour, on se disposa à l'attaque d'Alexandrie; et cette attaque s'opéra sans que l'artillerie fût encore débarquée: on n'avait d'autre moyen que la baïonnette et l'escalade. Après une défense assez vive la ville fut prise, et avant la fin de la journée les deux châteaux eurent capitulé. Quelques jours après, Bonaparte conclut avec les Arabes un traité d'alliance et d'amitié. Il fit ensuite ses dispositions pour avancer dans le pays.

Cette médaille figure la ville d'Alexandrie, représentée par une femme dans la honte et la douleur, assise sur la base de la colonne de Pompée. Derrière elle on voit un Guerrier tenant dans sa main une lance, et foulant du pied un casque. La légende, ALEXANDRIA CAPTA, signifie, *Prise d'Alexandrie*.

ODE XXIV.

LA CONQUISTA D'ALESSANDRIA.

Ecco la spiaggia Egizia (1),
Ecco il bramato suol!
Su ravviviam gli spiriti;
A terra a terra, generoso stuol.

   Io qua vi trassi a spargere
Il sangue ed il sudor;
Ma qua vi trassi a cogliere
E pingui palme, e glorioso allor.

ODE XXIV.

LA PRISE D'ALEXANDRIE.

« Voila les rivages de l'Égypte, voilà cette terre desi-
« rée! courage, compagnons; la terre vous appelle,
« descendez, descendez, généreux guerriers.

    « En vous conduisant sur ces rives, j'ai prévu que
« vous les arroseriez de votre sang et de vos sueurs;
« mais aussi des moissons de palmes et de lauriers
« vous attendent. »

Disse; ed in grembo a rapido
E più leggero pin
Volle l' Eroe por termine
A l' intrapreso nautico cammin.

Vezzose le Nereidi (2)
Uscir dal glauco sen,
E il picciol legno spinsero
Con le nudate braccia in sul terren.

Là 'l piede ei ferma intrepido,
E sì l' odo parlar:
O del Nilo settemplice (3)
Numi, il giuro vi prego ad ascoltar.

L' onte i' vo' sol, le ingiurie (4)
Punir, che a i Franchi fer;
E co l' acciaro vindice
De i Circassi fiaccar l' orgoglio altier.

Spargi tue finte lacrime,
Scaltra fera e crudel?
Ei t' incatena impavido;
Tu consuma entro te la rabbia e il fiel (5).

Vetusta del macedone (6)
Eroe. figlia, e gentil,
È la tua possa inutile;
Al gallico Campion renditi umìl.

Il dit, le Héros s'élance sur une frêle barque, et cingle au port, impatient de terminer son glorieux voyage.

En ce moment les Néréides sortirent du sein de l'onde, et soulevant de leurs bras nus la nacelle légère, la poussèrent gaiement au rivage.

A peine le Héros a-t-il mis le pied sur cette terre desirée, qu'il s'arrête et s'écrie : « O vous, Divinités « du fleuve aux sept embouchures, écoutez mes ser- « mens.

« Je ne viens ici que pour venger les injures et les « outrages que les Français ont reçus sur ces bords, « et mon glaive exterminateur ne frappera que l'or- « gueilleux Circassien. »

Je vois, je vois couler tes feintes larmes, monstre cruel et farouche; mais déja le bras du Guerrier t'en- chaîne, et c'est en vain que tu exhales ta rage et ton fiel.

Noble et antique fille du Héros macédonien, la résistance est inutile; tombe, tombe aux pieds du Héros français.

Che? sdegni? Gira torbida (7)
L' ombra dintorno a te
Del duce stesso emazio!
Vuol, che l' emulo suo t' inceppi il piè.

T' allegra omai; piacevoli
I lacci tuoi saran:
Vè, che le schiere docili (8)
Di farte oltraggio il reo disio non an!

Vè, che s' attragge l' Arabo (9)
Il gran NAPOLEON;
Vè, che gl' Imani, e i Molachi (10)
Dannar non vuol, nè sfregia il tuo Macon!

Eh quoi! tu hésites? n'aperçois-tu pas l'ombre de
ton antique fondateur qui s'indigne et te commande
elle-même de céder à son glorieux émule?

Réjouis-toi plutôt, car tes chaînes seront douces,
et ses invincibles bataillons viennent te protéger plutôt
que te nuire.

Vois par quelle heureuse adresse le grand NAPOLÉON
sait gagner le cœur de l'Arabe inconstant ; déja les
Imans et les Molachs sont ses amis, et son bras victorieux fait respecter la religion du Prophète.

NOTES DE L'ODE XXIV.

(1)   Ecco la spiaggia Egizia
              Ecco il bramato suol.

Après la prise de Malte et l'organisation d'un gouvernement provisoire, l'escadre française mit à la voile pour continuer sa marche vers les côtes d'Afrique ; et quelques jours après, à la pointe du jour, elle se trouva à la vue d'Alexandrie. Le vent était grand-frais ; une tempête affreuse régnait sur la mer, le débarquement était très dangereux. Cependant il n'y avait pas un instant à perdre : car la flotte anglaise, qui, en forces supérieures, trois jours auparavant, avait été dans la rade d'Alexandrie, croyant trouver la nôtre, pouvait reparaître d'un moment à l'autre. Bonaparte ordonne donc le débarquement. Accoutumé à voir dans les résistances et les contrariétés un présage assuré de la victoire, ne comptant pour rien les dangers de la mer, et au risque de naufrager, ce nouveau César, qui dit à la barque du pêcheur : *Songe que tu portes César et sa fortune,* atteint le rivage ; et à une heure du matin, il se trouve en Afrique, à la plage du Marabon, dans le désert, à quatre lieues d'Alexandrie. Aussitôt il ordonne aux divisions des généraux Menou, Kléber, et Bon, de se diriger en trois colonnes sur Alexandrie, et lui-même marche à pied avec les tirailleurs de l'avant-garde, dans les sables qui environnent cette ville.

(2)   Vezzose le Nereidi
          Uscir dal glauco sen,
          E il picciol legno spinsero
          Con le nudate braccia in sul terren.

Virgile (Enéide, chant X) a fourni au poëte cette idée.

Quarum quæ fandi doctissima Cymodocea
Pone sequens, dextrâ puppim tenet, ipsaque dorso
Eminet, ac lævâ tacitis subremigat undis.
. . . .
Dixerat; et dextrâ discedens impulit altam,

Haud ignara mali, puppim: fugit illa per undas
Ocior et jaculo et ventos æquante sagittâ.

(3)   O del Nilo settemplice. . . . .

Le Nil, d'après l'opinion des anciens, se décharge dans la mer par sept
embouchures; ce que Virgile (Enéide, liv. VI) exprime ainsi :

Et septem gemini turbant trepida ostia Nili;

et Ovide (Epist. XIV) :

Per septem Nilus portus emissus in æquor.

C'est par cette raison que le poëte appelle ce fleuve *settemplice ;* ainsi qu'O-
vide *septemfluus* (courant par sept canaux) :

Sed ubi deseruit madidos septemfluus agros
Nilus;

et Virgile *septemgeminus* (ayant sept embouchures.)

(4)   L' onte io vo' sol, le ingiurie
        Punir ch' a i Franchi fer. . . . .

Bonaparte fit savoir au Pacha d'Egypte et au commandant de la Caravelle,
qu'il n'était venu que pour châtier les Beys, qui accablaient d'avanies les
commerçans français, et pour délivrer le pays de leur tyrannie, ainsi que
de celle des Mameluks.

(5)   Tu consuma entro te la rabbia e il fiel.

        Poi si rivolse a quella enfiata lubbia,
        E disse: taci, maladetto lupo ;
        Consuma dentro te con la tua rabbia.
                        (DANTE Inf. VII.)

(6)   Vetusta del macedone
        Eroe figlia, e gentil. · . . . .

Alexandrie fut fondée par Alexandre le Grand trois cent trente trois ans

I.   59

avant J. C. Cette ville ne conserve plus que quelques traces de sa grandeur passée. Les négocians européens y font quelque commerce. On se
souvient avec plaisir qu'elle est la patrie du célèbre Euclide, et du savant
Origène.

(7) Che? sdegni?

Les Français, arrivés sous les murs d'Alexandrie, trouvèrent que l'enceinte ainsi que les tours qui la flanquent, étaient occupées par le peuple,
à qui le fanatisme avait mis en main les armes du désespoir. Bonaparte voulut
en vain éviter un assaut et ses suites funestes ; il fallut combattre contre ceux
qu'on aurait desiré avoir pour amis. N'ayant pas d'artillerie , Bonaparte
ordonne d'escalader l'enceinte; il fait battre la charge ; et pendant que le
général Kléber part de la colonne de Pompée pour escalader la muraille;
que le général Bon force la porte de la Rosette; que le général Menou bloque
le château triangulaire avec une partie de sa division, et qu'avec le reste il
force l'enceinte sur une autre partie par où il entre le premier dans la place,
le général Marmont enfonce avec une demi-brigade, à coups de hache, la
porte de la Rosette , et toute la division du général Bon entre dans l'enceinte
des Arabes. Les ennemis se réfugient alors dans le fort triangulaire , dans le
Phare et la nouvelle ville. Chaque maison est une citadelle pour eux ; mais
avant la fin de la journée, ils sont forcés de céder à la valeur française. La
tranquillité et le calme règnent déja dans la ville ; les deux châteaux ont
capitulé , les Français sont maîtres de la ville , des forts , et des deux ports
d'Alexandrie.

(8) Ve' che le schiere docili
Di farte oltraggio il reo disio non an!

Par la discipline la plus rigoureuse que les troupes françaises obser-
vèrent, par leur bonne conduite , par leur respect envers les personnes et
les propriétés , leur séjour devint agréable aux habitans du pays.

(9) Ve' che s'attragge l'Arabo
Il gran NAPOLEON.

Bonaparte parvint à conclure avec les Arabes un traité d'amitié et d'alliance.

(10)   Ve' che gl' Imani , e i Molachi
Dannar non vuol, nè sfregia il tuo Macon !

Imani (Imans) ; c'est ainsi que les mahométans appellent leurs prêtres. *L'imanat* est parmi eux la dernière dignité de la hiérarchie ecclésiastique.

Molachi (Mollaks), autre nom par lequel les Musulmans désignent certains dignitaires ecclésiastiques, qui répondent à-peu-près aux archevêques chez les catholiques. Outre la juridiction que les Mollaks exercent dans les matières de religion, ils sont aussi, chacun dans son département, les premiers magistrats dans les affaires civiles et criminelles , en vertu de ce principe, adopté par les Turcs , que les lois civiles et canoniques sont également émanées de leur Prophète.

XXV.

L' INGRESSO VITTORIOSO NEL CAIRO.   ENTRÉE TRIOMPHANTE AU CAIRE.

23 juillet 1798.

Après la prise d'Alexandrie, et le 8 juillet 1798, l'armée française partit de cette ville pour avancer dans le pays. Elle eut d'abord avec les Mamelucks quelques escarmouches; mais ce n'était là que le prélude des actions importantes et décisives qui eurent lieu bientôt après à Rhamanié, à Chebreisse, et aux Pyramides, contre un ennemi courageux, déterminé, et fort d'une excellente cavalerie et d'une artillerie nombreuse.

La médaille représente l'entrée triomphante de Bonaparte au Caire. On le voit sous la forme d'un guerrier à cheval et armé d'une lance. Devant lui, et à ses pieds, un Egyptien, dans l'attitude de la soumission, lui rend grâces de l'affranchissement de son pays. On voit derrière le triomphateur, des prisonniers vaincus par la puissance des aigles françaises, et dans le fond, une porte murée, sur laquelle est le bœuf Apis, l'un des principaux emblêmes égyptiens. La légende, ÆGYPTO DEVICTA MEMPHI POTITUR, veut dire, *Après avoir soumis l'Egypte, il se rend maître du Caire.*

ODE XXV. [1]

L'INGRESSO VITTORIOSO NEL CAIRO.

Tra gli Arabi la fè (2)?
　Invan la speri!
　Entro il lor sen non è —; son menzogneri.

Il germe de i Beì
　Fabro è d' affanno;
　Infame egli è così —, così è tiranno.

Di Niem-Eddino ognor (3)
　Feroce è il figlio;
　Ma non pave il valor — l' avido artiglio.

ODE XXV.

ENTRÉE TRIOMPHANTE AU CAIRE.

Non; n'espérez trouver ni foi ni justice dans le cœur de l'Arabe: il ne connut jamais que le mensonge et la perfidie.

Combien de désastres et de maux la race déshonorée des Beys n'a-t-elle pas provoqués par ses cruautés et sa tyrannie!

Les enfans de Niem-Eddin sont toujours féroces; mais que peut la férocité contre la bravoure?

In singulare agon (4)
   Già stanno insieme,
   E lor NAPOLEON — tronca ogni speme.

Di guerra arte e virtù (5)
   In campo avanza
   Di barbare tribù — la rea baldanza.

Oh! pugna d' Embabè (6),
   Rammenta a noi
   Quel che veder ne fè — stuolo d' eroi:

Di negro sangue il suol,
   E ovunque morte
   De i Franchi irsene a vol — sul braccio forte.

Di Memfi per te alfin (7)
   Scorgon le mura,
   E 'l raro e 'l peregrin — d' arte e natura.

Torrita Memfi, in sen
   Hai tu quel Duce,
   Ch' or ti spande il seren — di nova luce!

Les voilà en présence des Français; et déja l'ascendant du génie victorieux de Napoléon ne leur laisse même aucun espoir de résistance;

Tant la valeur et l'art des combats prévalent toujours sur l'aveugle et insolente témérité des hordes barbares!

O plaines d'Embabé, retracez-nous le spectacle que vous présenta un essaim de héros européens:

Le sang, à grands flots, baignant au loin la terre, et les guerriers français portant de tous côtés l'épouvante et la mort.

Déja du champ de bataille ils découvrent les remparts de Memphis, et toutes les merveilles que la nature et l'art y ont à l'envi rassemblées.

Superbes murailles de Memphis, vous possédez dans votre enceinte ce grand capitaine, dont les triomphes et la renommée feront aussi votre admiration et votre gloire.

NOTES DE L'ODE XXV.

(1) Le rhythme dont le poëte fait usage, pour la première fois, dans cette ode, est remarquable, sur-tout par le mouvement noble et dégagé qui le caractérise, et par cet accord harmonieux qui résulte des différentes espèces de vers dont chaque strophe est composée ; savoir, de vers *tronchi* de six, et de vers *piani* de sept syllabes, distribués alternativement. Ce mélange, qui produirait une discordance d'harmonie insupportable, si les vers étaient tous des *piani* ou des *tronchi*, forme un accord parfait, parceque les vers *tronchi* de six sont équivalens à ceux de sept dits *piani*, et que les proportions harmoniques de nos vers les plus agréables sont toujours de 5 et 5 ; 5 et 7 ; 5 et 11 ; 7 et 5 ; 7 et 7 ; 7 et 11, dans un ordre direct ou inverse, selon l'effet que le poëte se propose de produire. On peut voir la raison de ce mystère dans le traité de poésie qui se trouve dans ma grammaire raisonnée, dont nous donnerons incessamment au public une troisième édition avec des augmentations et des changemens nécessaires au complément de la science grammaticale.

(2)　　　Tra gli Arabi la fè?
　　　　　Invan la speri!
　　　　Entro il lor sen non è — ; son menzogneri.

Le gouvernement provisoire d'Alexandrie est à peine organisé, que Bonaparte, sentant la nécessité de prévenir les dispositions offensives des Mamelucks, dans le Caire, se dispose à partir pour cette ville.

Les généraux Dessaix et Kléber l'ont déja précédé. Pendant que le premier marche sur Demanhour, le second s'empare de Rosette, y laisse une garnison, et remonte la rive gauche du Nil, pour se rendre à la hauteur de Demanhour.

Après une marche forcée à travers un désert aride, où l'on trouve à peine l'eau nécessaire pour ne pas mourir de soif, tourmentée par l'ardeur du climat, et toujours harcelée par les Arabes, l'armée de Bonaparte arrive enfin à Demanhour, et de là à Rhamanié, d'où elle part deux jours après pour aller attaquer Mourat-Bey, qui, à la tête d'une armée composée d'une nombreuse et formidable cavalerie, ayant huit à dix grosses chaloupes canonnières et plusieurs batteries sur le Nil, nous attendait au village de Chebreisse.

Déja les deux armées sont en présence ; la cavalerie des Mamelucks inonde bientôt toute la plaine, et cherche de tous côtés, sur nos flancs et sur nos derrières, à pénétrer jusqu'au centre, mais inutilement. Repoussés plusieurs fois, les Mamelucks disparoissent enfin, en laissant sur le champ de bataille plus de six cents tués ou blessés par le feu de la mousqueterie et par la baïonnette ; et le village, après une faible résistance, est emporté.

(3)   Di Niem-Eddino.

C'est de lui que, selon plusieurs historiens, les Mamelucks ont tiré leur origine.

(4)   In singulare agon.

Agone, ἀγὼνι, *battaglia*, bataille.

(5)   Di guerra arte, e virtù
          In campo avanza
          Di barbare tribù — la rea baldanza.

C'est la même pensée que celle du prince des lyriques latins :

Vis consilii expers mole ruit sua ;

et l'on peut appliquer à cette vérité les beaux vers du poëte :

E cieco toro più avaccio cade
Che cieco agnello, e molte volte taglia
Più e meglio una che le cinque spade.
              (Parad. XVI.)

(6)   Oh ! pugna d'Embabè,
          Rammenta a noi
          Quel che veder ne fè — stuolo d'eroi.

La bataille des Pyramides est sans doute la plus éclatante de toutes celles que les Français ont livrées en Egypte. Vingt-trois Beys, avec toutes leurs forces, s'étaient retranchés à Embabé, ayant garni leurs retranchemens de plus de soixante pièces de canon.

Le général Dessaix, campé avec le général Régnier, entre Giralo et Embabé, fait un mouvement. Mourat-Bey s'en aperçoit à peine, qu'il envoie un de ses Beys les plus braves avec un corps d'élite charger les deux divisions françaises. Repoussés par une grêle de balles et de mitraille, qui jonche de morts le champ de bataille, les ennemis se jettent dans l'intervalle que forment les deux divisions, où ils sont entièrement défaits. Ce brillant début est bientôt suivi d'une issue également heureuse. Ici les divisions Menou et Bon attaquent les retranchemens d'Embabé, défendus par l'artillerie et par la moitié de la cavalerie ennemie ; là le général Rampon, à la tête des colonnes d'attaque, se jette sur les retranchemens, malgré le feu de l'artillerie ; ailleurs nos colonnes couvrent de cadavres le champ de bataille, en recevant, la baïonnette au bout du fusil, et par une grêle de balles, les Mamelucks, sortis au grand galop des retranchemens pour les charger ; d'autre part enfin, les Mamelucks, voyant les retranchemens emportés, se précipitent sur leur gauche, et un bataillon de carabiniers en fait une boucherie effroyable, tandis qu'un grand nombre va se jeter dans le Nil, et y reste enseveli.

Quarante pièces de canon restées en notre pouvoir, ainsi que le camp de l'ennemi, et plus de quatre cents chameaux chargés, deux mille hommes de cavalerie d'élite tués ou blessés, une grande partie des Beys tués ou blessés ; tels furent les fruits de cette bataille à jamais mémorable.

(7)   Di Memfi per te alfin
         Scorgon le mura.

La nuit même après sa défaite, l'ennemi évacua le Caire, en livrant aux flammes une grande partie de ses chaloupes, corvettes, et autres bâtimens de guerre ; le matin, la ville du Caire tomba en notre pouvoir ; et dès ce moment, l'Egypte fut arrachée au despotisme des Mamelucks.

XXVI.

IL TUMULTO SEDATO NEL CAIRO.   SÉDITION APPAISÉE AU CAIRE.

22 octobre 1798.

Averti d'une sédition tramée sourdement dans la ville du Caire, Bonaparte s'efforça, mais inutilement, d'en prévenir l'explosion et les funestes résultats. Le 22 octobre 1798, le général Dupuy, commandant la place, se porta, à la tête de quelques dragons, contre les séditieux, rassemblés dans la grande mosquée; il fut repoussé, et reçut une blessure mortelle. Cette première action détermina de nouvelles dispositions prises par Bonaparte pour marcher en grandes forces sur les rebelles, qui, attaqués simultanément dans toutes les mosquées et dans plusieurs quartiers de la ville, furent promptement dispersés, laissant par-tout un nombre considérable de morts et de blessés. Bonaparte se montra, après la victoire, généreux et magnanime.

La médaille figure un guerrier à cheval, armé d'une lance, et terrassant la Discorde, qui tient d'une main un poignard, et de l'autre un flambeau. La légende, MEMPHITICA SEDITIO REPRESSA, veut dire, *Répression de la révolte du Caire.*

ODE XXVI.

IL TUMULTO SEDATO NEL CAIRO.

E ancor non basta il sangue (1),
Che del Nilo divin macchiò le sponde?
Deh qual mortifer angue
Vi attosca il cor, nè al mio desir risponde!
Frenatevi, o s'affretta
Orrenda su di voi, giusta vendetta.

    Inutile minaccia!
Del nimico furor misero segno
Cade un eroe: s'affaccia (2)
Ribellìon col disperato sdegno
Ovunque, e in le moschee
S'agitan l'arme, e s'ergono trincee.

ODE XXVI.

SÉDITION APPAISÉE AU CAIRE.

« Eh, quoi! ce n'est donc pas assez du sang qui a
« inondé les rives divines du Nil! quel projet sinistre
« s'est emparé de vos cœurs, et vient s'opposer à mes
« desseins généreux? Arrêtez, insensés! ou redoutez
« les traits de la vengeance qui va fondre sur vous. »

Vaine menace; un héros français tombe, et sa mort
devient le signal de la fureur des ennemis. La révolte
éclate de toute part; les mosquées retentissent du
cliquetis des armes, et des retranchemens s'élèvent
en tout lieu.

Macon, s' ami i tuoi fidi,
Accorri al reo micidìal tumulto,
Che tra i confusi gridi
Ed essi perde, e la tua gloria e il culto:
Svolgi le menti ardite;
L' onor difendi de le tue meschite (3).

Di Memfi o prischi saggi,
Che un dì spandeste i candidi costumi,
E del savere i raggi (4),
Anc' oggi usate a l' uopo i vostri lumi.
Calmin le antiche voci
I turbulenti spiriti feroci.

Ah non ode Macone,
E indarno surgon l' ombre venerate!
Ma il gran NAPOLEONE (5)
Non opra indarno: Ei già co l' arti usate,
E co l' usata forza,
Se col labbro nol può, gli sdegni ammorza.

Puissant Mahomet! si tes enfans te sont chers, descends au milieu d'eux, pour t'opposer à leur fureur sacrilége. Hélas! dans ce déchaînement affreux de passions et de crimes, que deviendraient ton culte et ta gloire! Viens appaiser ce mouvement séditieux; viens protéger l'honneur de tes temples.

Et vous, sages de Memphis! vous qui répandîtes autrefois le culte des mœurs et la lumière des sciences, ranimez-vous un instant, et que la voix imposante de vos conseils calme la férocité d'une tourbe égarée....

Mahomet est sourd à ma voix; les ombres révérées des sages sortent vainement de leurs tombeaux; mais le puissant NAPOLÉON réprime, par la force de son bras, le tumulte que n'ont pu étouffer ses représentations paternelles.

NOTES DE L'ODE XXVI.

(1)   E ancor non basta il sangue ,
             Che del Nilo divin macchiò le sponde? . . . .

Pendant que Bonaparte organisait le gouvernement du Caire , qu'il ache-
vait la conquête de toute l'Egypte, et que , de toutes parts , ses bataillons
intrépides , commandés par les généraux Fuguières , Damas , Murat, et
Dessaix, poursuivaient , harcelaient , et dispersaient les restes des Arabes
fugitifs, une conspiration alarmante éclata tout-à-coup dans la ville du
Caire, où jusqu'alors la plus grande tranquillité n'avait cessé de régner.
Bonaparte s'efforça d'en prévenir les funestes effets , mais ce fut inutilement.

             Che del Nilo divin . . . .

Le Nil était non seulement regardé comme Dieu , mais comme le père de
tous les Dieux. On lui a donné les surnoms de *sauveur,* de *soleil,* de *dieu,*
et de *père.* On l'a appelé *fils de Saturne, fils de Jupiter,* et *Jupiter égyptien.*
De là cette vénération que les habitans de l'Egypte avaient pour ce fleuve
bienfaisant ; de là les honneurs divins qu'on lui rendait ; de là enfin les
expressions et les épithètes de *céleste, divin, saint,* dont les poëtes l'ont
qualifié.

L'auteur de la Jérusalem délivrée dit :

>   *Poi Damiata scopre, e come porte*
>   *Al mar tributo di celesti umori*
>   *Per sette il Nilo sue famose porte.*
>   (Chant XV.)

et ailleurs (chant XVII) :

>   *Ch'è del celeste Nilo opera e dono.*

(2)   Cade un Eroe: s'affaccia
             Ribellion col disperato sdegno, etc.

Le général Dupuy, instruit qu'un rassemblement se formait à la grande
mosquée, se met à la tête de douze dragons, pour aller dissiper les séditieux,

dont le nombre grossissait à chaque instant. Ce brave général fut victime de
leur fureur. Mortellement blessé en deux endroits, il expira deux heures
après. Ce meurtre fut le signal de la sédition. Aussitôt les Turcs se portent
en foule à la grande mosquée, où ils se retranchent, armés de lances, de
pieux, et de quelques armes à feu ; chaque mosquée particulière devient
une forteresse, où les rebelles s'enferment, et d'où ils dirigent tour-à-tour
l'attaque et la défense.

(3)   . . . . . . meschite (mosquée.)

C'est le nom que les Mahométans donnent aux lieux où ils s'assemblent
pour faire leurs prières. Le Dante (Inf. VIII) appelle ainsi les tours de la
ville de Dites, à cause d'une certaine ressemblance avec celle que l'on voit
à l'entrée de chaque mosquée, d'où les Turcs sont appelés à adorer leur
Dieu.

> Ed io : maestro, già le sue meschite
> Là entro certo nella valle cerno
> Vermiglie, come se di fuoco uscite
> Fossero . . . .

(4)   E del savere i raggi.

Le poëte a fait usage de cette expression relativement à l'effet que produit
la science, de dissiper les ténèbres de l'erreur et de l'ignorance, de même
que le flambeau du jour met en fuite les ombres de la nuit. Le Dante, en
parlant de la ville d'Athènes, dont Cicéron avait dit, *Omnium bonarum
artium inventrices Athenas,* nous fait sentir cette vérité par la force d'un
seul mot :

> E onde ogni scienzia disfavilla.
>
> (Purg. XV.)

(5)   Ma il gran NAPOLEONE
           Non opra indarno.

Dès que Bonaparte eut reconnu qu'il fallait opposer la force à la fureur
des rebelles, il fit battre la générale ; et aussitôt les troupes furent sur pied.
La mort de Dupuy inspirait le plus vif desir de le venger. Un bataillon

marche vers la grande mosquée, où quelques bombes tombées portent l'effroi et le désespoir. Les autres mosquées sont attaquées en même tems. On fait un horrible massacre des rebelles. Cette journée d'horreur est suivie d'une journée encore plus effrayante pour les Turcs. Tout ce qui est trouvé parmi eux armé d'un bâton ou d'un pieu, cesse de vivre à l'instant. La nuit vient enfin voiler de son ombre l'horrible scène de carnage qui couvre la ville : le lendemain, quelques ressentimens de la journée de la veille semblent vouloir se réveiller ; mais la prudence et la magnanimité de Bonaparte les a déja étouffés. Généreux et clément, il accorde un pardon général, et le calme est entièrement rétabli.

XXVII.

LA LEGISLAZIONE PER L'EGITTO.   LÉGISLATION DONNÉE A L'ÉGYPTE.

Décembre 1798.

Après le rétablissement de l'ordre et du calme dans la ville du Caire, Bonaparte s'occupa d'organiser le gouvernement des provinces de l'Egypte. Il établit un divan, et donna au peuple le droit d'élire ses magistrats. Il conçut un nouveau système de guerre, et fixa une nouvelle répartition des impôts ; répartition plus juste et plus utilement appliquée. La plus sévère économie fut introduite dans l'administration de l'armée. L'établissement d'une compagnie de commerce eut pour objet de faciliter la circulation et l'échange des denrées......

La médaille représente un législateur revêtu de la toge ; on voit à ses pieds l'Egypte, sous les traits d'une femme, qu'il relève, et à laquelle il présente des lois. Cette femme, tenant de la main un sistre, offre au Héros législateur des productions du pays. A côté d'elle, et sur un socle, on voit l'oiseau Ibis, qui est un des emblêmes égyptiens. La légende, AUCTORI ÆGYPTIÆ FELICITATIS, veut dire, *Au Héros qui fera le bonheur de l'Égypte.*

ODE XXVII.

LA LEGISLAZIONE PER L'EGITTO.

L'ANGLO genio sublime (1),
Nelson signor de l'onde
Urta, disperde, opprime (2)
L'ardimentoso de la Gallia duce:
Del Nil caldo a le sponde (5)
Fama l'annunzio a BONAPARTE adduce.

    Di Aboukir sul conflitto
L'Eroe s'attrista: intanto
Ad illustrar l'Egitto
Nol turbi il duol: di se medesmo Ei pago,
Abbia d'offrire il vanto
D'una felice età la bella immago.

ODE XXVII.

LÉGISLATION DONNÉE A L'ÉGYPTE.

L E bouclier de la fière Albion, Nelson, le tyran des mers, atteint, combat, et terrasse le brave mais imprudent amiral français ; et la Renommée en apporte la nouvelle à Bonaparte sur les bords du Nil.

Le Héros s'afflige du désastre d'Aboukir ; toutefois sa douleur ne peut le distraire de la sublime pensée d'illustrer le berceau de Ptolomée et de Sésostris. Plein du sentiment de son génie et de sa fortune, il entrevoit déja la brillante perspective du bonheur qu'il prépare à ces contrées.

Qual' era un dì, ricolmo
Vedrassi d'ogni onore;
E de la gloria al colmo
Giugnerà per le vie, che' Egli discopre:
Fervon del Vincitore (4)
Già gli studj dovunque, e l' utili opre.

I prischi sapìenti,
Di Memfi alto decoro,
A i novelli portenti
Sorridon lieti, e lungo plauso fanno;
Ma sclamano tra loro:
Oh qual grand' ombra i nostri merti avranno (5)!

Fervidi prieghi ah! voi
Porgete a i sommi Dei.
Il primo in fra gli Eroi
Sfavilli ancor sotto l' egizio cielo;
Nè per influssi rei
Tanto fulgor gl' involi, e tanto zelo.

Oui, dans peu de temps, l'Egypte recommencera
ses grandes et heureuses destinées; elle remontera
au faîte de la gloire par les sentiers que lui trace le
Héros de la France. Déja tout s'agite, tout s'anime
autour de lui par les soins et les travaux de son génie
puissant et victorieux.

Les mânes charmés des anciens sages de Memphis
sourient et applaudissent à ces prodiges naissans; mais
on les entend s'écrier : « Oh! combien notre gloire
« pâlira devant la sienne! »

Demandez au ciel, dans la ferveur de vos prières,
que le plus grand des Héros brille sous le ciel de
l'Egypte, d'un éclat inaltérable, et que jamais aucune
maligne influence ne vienne ralentir son zèle, ni
obscurcir sa gloire.

NOTES DE L'ODE XXVII.

(1)   L'anglo genio sublime,
        Nelson signor de l'onde.

Pindare (Pith. ode IX, stroph. 4) met dans la bouche de Nérée le précepte, que l'on doit sincèrement louer les ennemis même, lorsqu'ils ont fait de grandes choses. L'auteur de la Napoléonide a sagement suivi ce précepte dans son poëme, depuis le commencement jusqu'à la fin.

(2)   Urta, disperde, opprime
        L'ardimentoso de la Gallia duce.

Bonaparte, en rendant compte au Directoire du désastre de la flotte commandée par l'amiral Brueys, dit : « Il me paraît que l'amiral Brueys n'a « pas voulu se rendre à Corfou, avant qu'il fût certain de ne pas pouvoir « entrer dans le port d'Alexandrie, et que l'armée, dont il n'avait point de « nouvelles depuis long-tems, fût dans une position à n'avoir pas besoin de « retraite. Si dans ce funeste évènement il a fait des fautes, il les a expiées « par une mort glorieuse. »
Voici les détails que les historiens nous ont donnés de ce combat mémorable. L'amiral Nelson, à la nouvelle du débarquement des Français en Egypte, revenu sur ses pas, arriva dans la rade d'Alexandrie, dite d'*Aboukir*, où il se prépara à nous attaquer. Il avait quinze vaisseaux de ligne, sans frégate; nous en avions treize, avec quatre frégates; mais trois de nos vaisseaux étaient condamnés depuis plus de deux ans, et le *Tonnant,* ainsi que quelques autres, avaient à peine le tiers de l'équipage qui leur était nécessaire.
Les deux flottes se trouvaient dans la position que nous allons décrire : nos treize vaisseaux formaient une seule ligne; six vaisseaux anglais étaient entre nous et la plage, et sept autres du côté opposé; le quatorzième coupa notre ligne; ce qui empêcha long-tems six de nos vaisseaux de prendre part au combat. Le feu prit au vaisseau de l'amiral Brueys, et il fut impossible de l'éteindre. L'*Orient,* de cent vingt canons, sauta en l'air, avec un

horrible fracas. Le *Tonnant* se couvrit de gloire : il combattit seul pendant trente-six heures contre toute l'escadre ; et cette lutte inégale ne cessa que par la mort de Petit-Thouars, qui le commandait. Après trois jours de combat, les Anglais furent vainqueurs ; mais cette victoire, remportée avec des forces supérieures, leur coûta néanmoins mille hommes tués, et dix-huit cents blessés.

(3)   Del Nil caldo a le sponde.

Le Dante (Parad. VI) qualifie de même ce fleuve :

. . . . . . *e Farsaglia percosse*,
Sì ch' al Nil caldo si sentì del duolo.

(4)   Fervon del vincitore
Già gli studj dovunque, e l' utili opre.

Pendant que Bonaparte travaillait à organiser le nouveau gouvernement de l'Egypte, qu'il lui donnait des lois de justice et de paix, qu'il créait au Caire un institut, qu'il y établissait une bibliothèque, un laboratoire de chimie, un grand attelier pour les arts mécaniques, et tout ce qui pouvait être utile ou nécessaire au commerce, à la prospérité et au repos de ces peuples avilis, plusieurs savans voyageaient, par son ordre, dans l'intérieur de l'Egypte, et y faisaient les découvertes les plus importantes pour la géographie, l'histoire, et la physique. Nouet et Méchain déterminent la latitude d'Alexandrie, du Caire, de Salehié, de Damiette, et de Suez ; Lefèvre et Malus font la découverte du canal de Moèz ; Peyre et Girard lèvent le plan d'Alexandrie ; Lanorey découvre Dabou, Menegdé ; Geoffroi examine les animaux du lac Menzaleh et les poissons du Nil ; de Lisle, les plantes qui se trouvent dans la haute Egypte ; Arnolet et Champy, fils, sont nommés pour observer les minéraux de la mer Rouge, et y faire des reconnaissances ; Girard est chargé d'un travail sur tous les canaux de la haute Egypte ; Denon voyage dans le Fayoum et dans la haute Egypte, pour en dessiner les monumens ; Conté dirige l'attelier destiné aux arts mécaniques ; il fait construire des moulins à vent, et une infinité de machines inconnues en Egypte ; Savigny fait une collection des insectes du désert et de la Syrie ;

Beauchamp et Nouet dressent un almanach contenant cinq calendriers,
celui de la république française, et ceux des églises romaine, grecque,
cophte, et musulmane ; Costas rédige un journal ; Berthollet et Monge sur-
veillent tous ces travaux. (*J. Chas, de Nîmes, n° 51.*)

(5)   Oh qual grand' ombra i nostri merti avranno !

Le prince des poëtes italiens exprime la même pensée dans ces vers admirables :

> *O vana gloria dell' umane posse*
>   *Com' poco verde in su la cima dura,*
>   *Se non è giunta dall' etadi grosse!*
> *Credette Cimabue nella pintura*
>   *Tener lo campo; ed ora ha Giotto il grido,*
>   *Sì che la fama di colui oscura.*
>   (Purg. XI.)

XXVIII.

LA PALESTINA
E LA SIRIA SUPERATE.

CONQUÊTE DE LA PALESTINE
ET DE LA SYRIE.

1799.

APRÈS avoir organisé le gouvernement de l'Egypte, Bonaparte prit ses mesures pour marcher en Syrie, dans l'intention de prévenir Dgezzar-Pacha, qui se préparait à venir l'attaquer lui-même à la tête d'une nombreuse armée. Le commandant en chef envoya contre lui, sous les ordres du général Kléber, un corps de troupes, qui mit d'abord en pleine déroute l'avant-garde de l'ennemi, près de Gaza, s'empara ensuite de cette place, ainsi que de Rama, de Jérusalem, et de Jaffa, et s'avança jusqu'à Naplouse (Samarie.)

CETTE médaille représente la Palestine et la Syrie sous les traits de deux femmes assises au pied d'un palmier, dans l'attitude de l'humiliation et de la douleur. La légende, PALESTINA ET SYRIA DEBELLATÆ, signifie, *Conquête de la Palestine et de la Syrie.*

I.

66

ODE XXVIII. [1]

LA PALESTINA E LA SIRIA
SUPERATE.

Con la tinta di sangue odrisia luna (2)
  Si bacia d' Albìon l' artica stella,
  E un negro influsso aduna
  Troppo nimica e fella.

Non paventar : per adombrar tua gloria
  Nutron congiunte inutile disio :
  I' sono la Vittoria,
  Eccoti 'l carro mio.

ODE XXVIII.

CONQUÊTE DE LA PALESTINE
ET DE LA SYRIE.

« L'étoile malfaisante d'Albion et le Croissant san-
« guinaire ont contracté une alliance impie, et associé
« leurs perfides influences.

  « Ne crains rien toutefois. Vainement, pour obscur-
« cir ta gloire, on les voit méditer de sinistres projets.
« Mon fils! reconnais en moi la Déesse qui te protége,
« et prends mon char.

Vieni, diletto Figlio: A' tuoi seguaci
  Il memfitico affida almo paese:
  Debelleremo i Traci,
  E 'l congiurato Inglese.

Strigne la destra a la Vittoria amica
  Allor NAPOLEONE, e 'l carro ascende:
  Sudor sprezza e fatica,
  E il novo corso imprende.

Ogni passo è un trionfo: Il palestino,
  E di Soria l' inospite terreno
  Soffre un egual destino;
  Di patrio sangue è pieno.

Avvince al carro e Jaffa, e Gaza, e mille
  Stendardi tolti a le maconie genti:
  Non mai sul Xanto Achille
  Oprò sì bei portenti.

In Aboukir del gallico ammiraglio
  Vendica l' onte e l' angoscioso affanno;
  De l' armi sue bersaglio,
  Cade de l' Anglo a danno.

« Confie au courage de tes fidèles capitaines les
« superbes régions de Memphis que tu as si glorieu-
« sement conquises, et viens combattre avec moi le
« Thrace et le Breton conjurés . . . . »

Napoléon prend la main de la Victoire, monte sur
son char, et va courir une nouvelle carrière de travaux et de gloire.

Tous ses pas sont marqués par des triomphes. Les
contrées inhospitalières de la Palestine et de la Syrie,
inondées du sang impur de leurs féroces habitans,
subissent dans peu de tems une égale destinée.

Le Héros enchaîne à son char victorieux Jaffa,
Gaza, et des milliers de drapeaux enlevés aux enfans
consternés et fugitifs de Mahomet. Non ; jamais aux
rives du Xante, le fils de Thétis ne fit autant de
prodiges.

Sur les bords du Nil, il venge l'infortune de l'amiral
français, et console son ombre affligée. Aboukir
échappe à l'avidité du léopard britannique, prêt à en
faire sa proie.

Tiro Alessandro un dì trattenne, ed Acri (3)
   De la Vittoria il Figlio arresta, è vero:
   Ma son gl' istanti sacri
   Per sì fatal Guerriero.

Sdegna le palme vane, a l' util solo
   Intento, e questo è già compiuto: Ei riede
   Ad Alessandria a volo,
   E là sofferma il piede:

Là volge indietro il generoso sguardo (4),
   Di quel ch' Ei fè qualche stupor prendendo:
   O Figlio, o Eroe, ti guardo,
   Disse Vittoria, e intendo.

Non istupir: Ve' come al carro innante
   Il tuo valore, il tuo gran genio avea
   Pel crine svolazzante
   Stretta l' instabil Dea (5)!

Plus sage que le Héros de la Macédoine, dont la gloire et la fortune échouèrent contre les remparts de Tyr, le Héros français dédaigne un triomphe stérile, pour voler à de plus hautes entreprises.

Sans cesse occupé de ce qui est utile, il court vers les rives du Nil ; c'est là que doit se fixer encore une fois son génie victorieux.

Frappé du spectacle de ses merveilleux exploits, il jette derrière lui des regards étonnés. « Héros incom- « parable, ô mon fils, lui dit la Victoire ; je lis dans ta « pensée.

« Ne sois pas surpris de tes innombrables hauts « faits, puisque ton génie et ta valeur ont enchaîné « l'aveugle et inconstante Divinité qui préside au « sort des combats. »

NOTES DE L'ODE XXVIII.

(1) La marche de cette ode est aussi rapide que la suite des hauts faits que le poëte se propose de célébrer. A l'instant même où l'Angleterre va entraîner la Porte dans son alliance, la Victoire se présente à Bonaparte, lui offre son char, et le conduit elle-même aux triomphes que le Destin lui a préparés. Depuis les rives d'Alexandrie jusqu'aux remparts de Saint-Jean-d'Acre, chaque pas du Héros est une nouvelle conquête. Les villes lui ouvrent leurs portes, et les armées entières disparaissent subitement devant lui. Revenu à Alexandrie, il reporte en arrière ses regards étonnés, lorsque la Victoire lui montre l'inconstante Déesse enchaînée à son char, non par un effet bizarre de ses mouvemens capricieux, mais par ce génie et par cette valeur dont le Héros a déja rempli le monde entier.

(2)   Con la tinta di sangue odrisia luna
              Si bacia d' Albion l' artica stella.

Par cette idée vraiment poétique, l'auteur de la Napoléonide nous rappelle l'alliance de la Porte que l'Angleterre avait préparée contre nous, et que le génie de Bonaparte fit bientôt évanouir.

(3)   Tiro Alessandro un dì trattenne, ed Acri
              De la Vittoria il Figlio arresta, è vero . . . .

Les bornes trop resserrées de ce travail me forcent de passer sous silence une foule innombrable de prodiges de valeur dont les villages de Nouzes, Genin, Fouli, et les champs d'Esdrélon et du mont Thabor, furent les témoins pendant le siége de Saint-Jean-d'Acre. L'histoire en a enrichi ses pages, et la renommée les redit encore tous les jours aux nations étonnées.

On lira avec intérêt la relation que nous a donnée à ce sujet le général Berthier, ce capitaine intrépide qui à la valeur du guerrier réunit si bien les lumières et les connaissances les plus étendues, les plus profondes de

l'homme d'état. « Bonaparte, dit-il, vit le but de son expédition rempli.
« L'armée, après avoir traversé le désert qui sépare l'Afrique de l'Asie, et
« vaincu tous les obstacles avec plus de rapidité qu'une armée arabe,
« s'était emparée de toutes les places fortes qui défendent les puits du
« désert ; elle avait déconcerté les plans de ses ennemis par l'audace et la
« rapidité de ses mouvemens. Elle avait dispersé, aux champs d'Esdrelon et
« du mont Thabor, vingt-cinq mille cavaliers et dix mille fantassins,
« accourus de toutes les parties de l'Asie dans l'espoir de piller l'Egypte.
« Elle avait forcé le corps d'armée qu'on envoyait sur trente bâtimens
« assiéger les ports de l'Egypte. Avec environ dix mille hommes, Bonaparte
« avait nourri pendant trois mois la guerre dans le cœur de la Syrie ; il
« avait détruit la plus formidable des armées destinées à envahir l'Egypte,
« pris ses équipages, ses outres, ses chameaux, et un général ; il avait tué
« ou fait prisonniers plus de sept mille hommes, pris quarante pièces de
« campagne, enlevé plus de cent drapeaux, forcé les places de Gaza, Jaffa,
« Caïffa. Le château d'Acre ne paraissait pas disposé à se rendre ; quelques
« jours de plus donnaient l'espoir de prendre le pacha dans son palais.
« Cette vaine gloire ne pouvait éblouir Bonaparte ; il touchait au terme du
« temps qu'il avait destiné à l'expédition de la Syrie. Les saisons des débar-
« quemens en Egypte y rappelaient impérieusement l'armée pour s'opposer
« aux descentes et aux tentatives de l'ennemi. La peste faisait des progrès
« effrayans en Syrie ; déja elle avait enlevé sept cents hommes aux Français ;
« et, d'après les rapports recueillis à Sour, il mourait journellement plus
« de soixante hommes devant la place d'Acre. »

Arrivé aux pyramides de Gisen, Bonaparte est averti qu'une flotte turque
de cent voiles mouille dans la rade d'Aboukir. Il vole aussitôt pour attaquer
cette nouvelle armée ; il est en présence de l'ennemi ; il dispose ses colonnes
d'attaque. Déja la première ligne turque d'environ deux mille hommes a péri
par le feu ou dans les eaux. Les fuyards, poursuivis jusqu'à leur deuxième position, moins étendue, mais plus forte, se disposent à une défense opiniâtre.
Bonaparte fait commencer l'attaque. Les Turcs, voyant les Français s'approcher des retranchemens, sortent, et attaquent eux-mêmes la colonne : ils
sont repoussés et suivis par les Français, qui se précipitent dans les
retranchemens ; mais ici le feu de la redoute les arrête, et les force de
se replier sur le village. La cavalerie elle-même est contenue par le feu
des retranchemens et par celui des chaloupes canonnières. Alors Bonaparte,

résolu de terminer l'action par un coup décisif de génie et de bravoure, fait attaquer la redoute : les bataillons de la 22ᵉ et de la 69ᵉ demi-brigade sautent dans le fossé, gravissent le parapet, et emportent l'ouvrage. Mustapha-Pacha veut en vain rallier ses troupes ; tout fuit et se précipite dans la mer. Mais la plupart des fuyards ne pouvant pas atteindre les vaisseaux, trop éloignés d'eux, sont engloutis dans les flots, tandis que le reste de l'armée est enveloppé et pris avec Mustapha-Pacha.

Le fort d'Aboukir fut défendu encore avec toute la fureur du désespoir pendant huit jours, après lesquels le fils du Pacha, son kyaia, et deux mille hommes se rendirent prisonniers.

C'est ainsi que Bonaparte triomphant aux lieux mêmes où l'année précédente les Français avaient été vaincus, sut à-la-fois et réparer les malheurs de la France et venger la honte de cette défaite ; et c'est par cette victoire mémorable que la rade et la presqu'île d'Aboukir ne sont pas aujourd'hui moins fameuses que le golfe d'Ambracie et le promontoire d'Actium.

(4)   *Là volge indietro il generoso sguardo*
        Di quel ch'Ei fè qualche stupor prendendo.

Cette pensée me paraît très belle et très propre à exprimer en peu de mots l'étonnement dont tout homme doit être frappé en réfléchissant aux prodiges opérés par Bonaparte dans un si court espace de tems. Revenu aux bords d'Alexandrie, il parcourt d'un regard en quelque sorte rétrograde, la carrière immense de sa nouvelle gloire ; et sa grande ame elle-même en est étonnée. Mais je dois ici faire remarquer l'art du poëte en modifiant ce mouvement de l'ame du Héros par l'adjectif *qualche*, qui détermine et restreint l'étendue du mot *stupore*, *qualche stupor prendendo ;* ce qui est conforme à la sentence du Poëte dans le dernier de ces beaux vers :

     Non altrimenti stupido si turba
       Lo montanaro e rimirando ammuta,
       Quando rozzo e salvatico s'inurba,
    Che ciascun' ombra fece in sua paruta ;
      Ma poi che furon di stupore scarche,
       Lo qual ne gli alti cuor tosto s'attuta . . .

(5)   Stretta l'instabil Dea.

Le Dante, ce poëte incomparable, qui sut et dit toutes choses, nous apprend la cause de l'instabilité de la Fortune dans la description qu'il en fait au VIIe chant de l'Enfer, et où tous les charmes de la poésie sont alliés aux plus sublimes pensées de la morale et de la philosophie. Qu'on le lise en entier, ou plutôt qu'on le médite ; les vers analogues à notre sujet sont les suivans :

> *Le sue permutazion non hanno triegue ;*
> *Necessità la fa esser veloce ;*
> *Sì spesso vien chi vicenda consegue.*

XXIX.

IL RITORNO DALL' EGITTO.   LE RETOUR D'ÉGYPTE.

1799.

Bonaparte ayant appris, au milieu de ses victoires et de ses grandes entreprises, les malheurs de tout genre qui désolaient la France, tant au-dehors que dans l'intérieur, prit la prompte et courageuse résolution de revenir en Europe. Il partit d'Egypte, après avoir remis le commandement de son armée au général Kléber, dont la prudence égalait la valeur. Au départ de Bonaparte, la conquête de ces contrées se trouvait à l'abri de toute tentative; le gouvernement en était complettement organisé, et la tranquillité la plus parfaite y régnait sur tous les points.

La médaille représente le Héros français débarquant au port de Fréjus. Au même instant, la France, figurée par une femme, lui présente une couronne civique. La légende, OB. FEL. RED. IMPERAT. INVICTI LÆTITIA PUBLICA, veut dire, *Alégresse publique à l'occasion du retour du Héros invincible.*

ODE XXIX.

IL RITORNO DALL' EGITTO.

Le belle imprese, l' egizie glorie (1)
Serbami, o duce: la cara patria
È lacerata, oh Dio!
Convien ch' i' parta : Addio.

Sclamò doglioso tra un cupo fremito
Napoleone : le vele sciolgonsi,
Ed Ei pel flutto infido
Drizzasi al Franco lido.

ODE XXIX.

LE RETOUR D'ÉGYPTE.

« Guerrier généreux! prends soin de mes hautes
« entreprises et des destinées glorieuses de l'Égypte.
« Déchirée par l'hydre des factions, la patrie réclame
« mon secours: je vole à sa défense. »

Ainsi parle Napoléon dans le frémissement d'une
douleur vertueuse et profonde. Soudain les voiles
sont déployées, et le Héros se confie aux flots d'une
mer infidèle.

Ma in tal momento l' equorea Tetide
  Co i caldi voti si feo propizia:
    Lungi tiemmi, cortese
    Madre, le ostili offese.

La Diva accorse; d' un folto nugolo
  Ricinse il legno: de l' Anglo cupido,
    Che lo volea ghermire,
    Così lo tolse a l' ire.

Ed un Tritone, di sue cerulee
  Conche fregiato, recò l' annunzio (2)
    Su la gallica riva
    Del magno Eroe, che arriva.

Ne calca il suolo: Teti ringrazia (3),
  Quando gli apparve donna piacevole:
    Era la Patria stessa,
    Ch' or lieta gli si appressa.

Traeasi seco, corteggio tenero!
  In varie guise di tutti 'l giubilo,
    A Lui mostrando intanto (4)
    Il lacerato ammanto.

Aussitôt adressant ses vœux et sa prière à la sou-
veraine des ondes, « Puissante Déité, lui dit-il,
« éloigne de mes traces l'ennemi usurpateur de ton
« empire. »

Thétis accourt auprès du Héros, enveloppe d'un
épais nuage le vaisseau qui le porte, et le dérobe
ainsi aux regards avides du féroce Breton.

Au même instant, fidèle messager de la Déesse,
un Triton vient, au son de sa conque azurée, annoncer aux rives de la Seine le Héros qui le suit.

Déja NAPOLÉON presse le sol de la France, et rend
grâces à la Divinité protectrice de sa destinée et de
sa fortune, lorsqu'aussitôt la Patrie s'offre à ses
regards, sous les traits d'une mortelle consolée et
ravie à son aspect.

Elle mène avec elle le cortége attendrissant de
l'espérance et de l'alégresse publiques. Toutefois elle
montre les blessures de son sein au Héros qui doit
les cicatriser.

LA NAPOLEONIDE.

Ah! Tu mi salva dal tristo eccidio,
    E questo accetta bel serto civico
    Degno de le tue chiome,
    Degno del tuo gran Nome.

« Préserve-moi, lui dit-elle, du sort affreux dont
« je suis menacée; et pour prix de ce bienfait, reçois
« d'avance la couronne civique due à tes rares vertus
« et à ton immense renommée. »

NOTES DE L'ODE XXIX.

(1)   Le belle imprese , l'egizie glorie
         Serbami, o duce : la cara patria
         È lacerata , oh Dio !
         Convien ch' i' parta : Addio.

Le jour après l'éclatante victoire d'Aboukir, Bonaparte, revenu à Alexandrie, apprend les revers de la France dans l'intérieur, en Italie, et sur le
Rhin. Une nuit affreuse de trouble et d'horreur avait succédé à des jours de
paix et de sérénité. Le congrès de Rastadt était rompu ; le massacre des
ministres français avait donné le signal d'une nouvelle guerre ; l'Europe
entière s'était liguée une autre fois contre la France ; la haine, la vengeance, l'intérêt avaient formé la coalition la plus terrible, où l'on voyoit,
par une réunion bizarre, l'étendard de Mahomet confondu avec les drapeaux
du Christ, avec ces mêmes drapeaux qui ne devaient être que des signes de
paix, de concorde, et de fraternité. (a)

Brescia, Milan, Turin, Alexandrie, etc., étaient au pouvoir des Russes ;
Naples, Rome, Florence, avaient été évacuées, et Mantoue avait capitulé.

La situation de l'intérieur de la France n'était pas moins déplorable. La
constitution méconnue et anéantie par les suites inévitables du 18 fructi-

---

(a)   *Non fu nostra 'ntenzion ch' a destra mano*
         De' nostri successor parte sedesse ,
         Parte dall' altra del popol cristiano ;
         Nè che le chiavi che mi fur concesse
         Divenisser segnacolo in vessillo ,
         Che contra i battezzati combattesse ;
         Nè ch' io fossi figura di sigillo
         Ai privilegi venduti e bugiardi ,
         Ond' io sovente arrosso e disfavillo.

C'est saint Pierre lui-même qui parle de la sorte. Voyez le reste de son discours,
Paradis, ch. XXVII.

dor ; la guerre rallumée entre le pouvoir exécutif et le pouvoir législatif ; les déportations, les proscriptions se succédant avec une effroyable rapidité ; de là les inquiétudes et les espérances de toutes les factions ; le parti terroriste devenu plus audacieux et plus puissant que jamais ; de là le renouvellement inconstitutionnel du Directoire, qui avait porté à la suprême magistrature des hommes plus ou moins vendus à la faction dominante.

Tel était l'état des choses en France et au-dehors, lorsque Bonaparte se décida à revenir en Europe, après avoir confié à Kléber le commandement en chef de l'Egypte.

(2)   . . . . . . recò l' annunzio
            Su la gallica riva
            Del magno Eroe, che arriva.

Que l'on me permette ici une remarque sur la discordance des formes *recò, arriva*, dont l'une est l'expression du passé, l'autre du présent, quoiqu'elles se rapportent à des époques coïncidentes. Ce n'est pas ici une licence ni un caprice du poëte ; mais c'est que toutes les fois que l'esprit est occupé de deux pensées dont l'une le frappe plus fortement que l'autre, il désigne *celle-ci* par la règle ordinaire de la grammaire, et *celle-là* d'une manière analogue au sentiment actuel qui force l'imagination à rapprocher du moment de la parole les époques et les effets les plus éloignés.

. (3)   Ne calca il suol . . . .

Bonaparte part pour l'Europe, traverse l'escadre anglaise, et arrive à Fréjus, où le peuple le reçoit comme son libérateur. Son voyage jusqu'à Paris fut un vrai triomphe. Transportées de joie, toutes les classes de citoyens se portaient en foule au-devant de lui, l'entouraient, le pressaient, le comblaient de bénédictions ; par-tout les salves d'artillerie, les illuminations, les témoignages de la joie publique, signalèrent son passage.

            Ne calca il suol.

            E chieggoti per quel che tu più brami,
            Se mai calchi la terra di Toscana . . . .
                (Purg. XIII.)

I.   71

(4)   A Lui mostrando intanto
        Il lacerato ammanto.

Le terme de dix ans de malheurs, la destruction de tout ce que l'esprit de parti avait inspiré d'odieux, la restauration de l'agriculture, du commerce, des arts utiles, la liberté des opinions religieuses, la réunion des familles, la paix enfin et le repos public, tels étaient les vœux de la France désolée, comme les desirs du Héros; ils ne tardèrent pas à se réaliser.

XXX.

IL RICEVIMENTO IN PARIGI.   LA RÉCEPTION DU HÉROS A PARIS.

1799.

Peu de jours après son débarquement à Fréjus, Bonaparte se rendit à Paris le 16 octobre. Bientôt chargé par le Conseil des anciens de l'exécution du décret de translation du Corps législatif à Saint-Cloud, le général remplit avec autant de sagesse que de dévouement cette mission honorable et difficile à-la-fois. Le résultat de la mémorable journée du 18 brumaire fut l'établissement d'un nouvel ordre de choses qui amena le bonheur de la France, et devint comme le prélude de tous les prodiges qui se sont depuis successivement opérés.

La médaille représente Bonaparte protégeant la capitale de la France, en dispersant la tourbe des factieux qui avaient mis la patrie en danger. La légende, PROFLIGATIS PERDITIS, URBEM PACAT, signifie, *Le Héros appaise la cité, après avoir dissipé les factieux.*

ODE XXX.

IL RICEVIMENTO IN PARIGI.

Non vi laceri il cor misero inganno (1)!
Son de la patria figlio : Ah! secondate,
Padri, il mio zelo; e voi tra 'l torbo affanno,
      Empj, tremate.

Sparir qual nebbia a l' urto d' aquilone (2)
   L' itale mie conquiste, i miei tesori;
   E voi ne fuste la fatal cagione,
      O traditori.

ODE XXX.

LA RÉCEPTION A PARIS.

« Ah! cessez de vous déchirer au gré des passions
« homicides qui vous aveuglent. Je suis fils de la Patrie;
« et vous, qui en êtes les pères, secondez mes efforts
« généreux: mais vous, artisans détestables des maux
« qui nous affligent, frémissez de vos succès.

« Ainsi donc, comme les vapeurs que chasse devant
« lui le souffle impétueux de l'Aquilon, se sont tout-
« à-coup évanouis, par vos complots sacriléges, mes
« triomphes et mes bienfaits!

1.   7²

Dintorno il nembo de' nemici infuria;
   Or negro è 'l cielo, che splendea sì bello:
   Ah tra l' orrore de l' estrema ingiuria
            Non è più quello!

Che vi riman, crudei? se non dar loco (3)
   A la fischiante indomita bufera (4);
   Se non polve ridur col ferro e 'l foco
            La patria intera?

Lode a gli Dei! col vostro senno, o padri,
   Or la toglieste a l' ultime ruine,
   Ed or su lei ritorno i dì leggiadri (5)
            Faranno alfine.

Tu energico drappello, e sempre fido
   Compagno ne i perigli de la morte,
   Fuga co l' armi e 'l minaccioso grido
            La rea coorte.

Vigil mia cura intanto e studio fia
   Largo aprir calle a un bel destin futuro:
   Per me più illustre surgerà di pria
            La patria; il giuro.

« Déja les armées ennemies grossissent de toutes
« parts. Ce ciel, autrefois si pur et si serein, est
« aujourd'hui couvert d'orages. On ne le reconnaît
« plus au dernier outrage qu'il a reçu.

« Cruels ! il ne vous reste qu'à précipiter la ter-
« rible catastrophe qui va tout détruire autour de
« vous, et à promener le fer et la flamme sur notre
« pays consterné.

« Mais, grâces aux Dieux! votre sagesse, pères de
« la Patrie, a conjuré la tempéte, et des jours pai-
« sibles vont luire sur la France.

« Valeureux Murat! fidèle compagnon de mes
« desseins et de mes périls, disperse par l'énergie
« de ta voix et par la force de ton bras la tourbe
« impie des factieux.

« Tandis que mes travaux et mes soins ouvriront
« la carrière d'une destinée nouvelle, par moi, oui,
« je le jure, la Patrie deviendra plus glorieuse et plus
« prospère que jamais . . . . ! »

Gli spirti a tali di virtude accenti
  Si serenaro, e udissi in ogni parte
Il nome, al suon de gl' invocati eventi,
      Di BONAPARTE.

A ces accens prophétiques du génie et de la sagesse, le calme et la confiance renaissent dans tous les cœurs; et l'on entend par-tout le nom respecté et chéri de Bonaparte se mêler aux vœux qui sollicitent du ciel un avenir plus heureux.

NOTES DE L'ODE XXX.

(1) Non vi laceri il cor misero inganno!
     Son de la patria figlio.

Le retour de Bonaparte en France fit pressentir aussitôt un nouvel ordre de choses. Chaque parti en méditait le projet, et sollicitait l'appui de ce capitaine, dont la réputation remplissait tout le monde. Mais il repoussa tous les partis, pour n'embrasser que celui de la France.

Jamais révolution préparée avec plus de sagesse ne fut exécutée avec plus de promptitude.

Peu de jours après l'arrivée de Bonaparte à Paris, le Conseil des anciens, convoqué extraordinairement, nomma le général commandant de toutes les forces militaires qui se trouvaient dans l'arrondissement constitutionnel, et le chargea de l'exécution du décret qui transférait le Corps législatif à Saint-Cloud.

Ce fut peu de tems après que la France étonnée vit succéder à une si longue nuit d'horreur un jour plein de sérénité et de paix, dont la justice et la force sont les bases éternelles.

(2) Sparir qual nebbia a l' urto d' aquilone
     L' itale mie conquiste, i miei tesori . . . .

Ce sont les mots de Bonaparte : « Qu'avez-vous fait, dit-il, de cette « France que j'ai rendue si brillante? Je vous ai laissé des victoires, j'ai « retrouvé des revers ; je vous ai laissé les millions de l'Italie, j'ai retrouvé « les lois spoliatrices, et par-tout la misère. Que sont devenus cent mille « hommes disparus de dessus le sol français? ils sont morts, et c'était « mes compagnons d'armes! Cet état de choses ne peut durer; avant trois « ans, il nous mènerait au despotisme. Mais nous voulons la république « assise sur les bases de l'égalité et de la morale, de la liberté civile, et de la « tolérance politique. A entendre quelques factieux, nous serions tous les « ennemis de la république, nous qui l'avons arrosée de notre sang! Nous « ne voulons pas qu'on soit plus patriote que nous; nous ne voulons pas

« des gens qui se prétendent plus patriotes que ceux qui ont été mutilés
« pour le service de la république. »

(3)   Che vi riman, crudei?

Crudei pour *crudeli;* de même que *stornei* pour *stornelli*, dont le com-
mentateur du Dante, Venturi, se plaint de ne pas trouver dans le vocabu-
laire de la Crusca le singulier *storneo ;* ce qui lui était aussi difficile à trouver
qu'au bon Calandrin l'élitropie; du moins ce dernier en fut lapidé.

> *E come gli stornei ne portan l' ali*
> *Nel freddo tempo a schiera larga e piena,*
> *Cozì . . . . .*

(4)   . . . . se non dar loco
             A la fischiante indomita bufera ;
             Se non polve ridur col ferro e 'l foco
                        La patria intera ?

> *La bufera infernal che mai non resta,*
> *Mena gli spirti con la sua rapina,*
> *Voltando e percotendo gli molesta.*
>   (DANTE, Inf. c. V.)

Bufera ; ce mot signifie proprement, *tourbillon de vent mélé de pluie et
de neige*, et par extension, *toute sorte de vent orageux.* Le Dante appelle
ainsi ce tourbillon impétueux qui entraîne dans sa violente course, les
esprits infortunés que l'amour a voués à une mort prématurée. Mais puisque
le hasard me conduit au second cercle de l'Enfer, je me permettrai de rappeler aux lecteurs que c'est là que l'on trouve le fameux épisode de Fran-
cesca de Rimini, où le poëte a déployé un sublime de sensibilité et de
tendresse que lui seul pouvait éprouver et exprimer de la sorte. Ceux qui
n'entendent pas le texte peuvent lire la traduction littérale de ce passage
dans le second tome de l'*Histoire littéraire d'Italie, par P. L. Ginguené,
membre de l'Institut de France;* ouvrage non moins utile aux étrangers
qui desirent moissonner dans les vastes et riches domaines de la littérature
italienne, qu'aux Italiens eux-mêmes qui veulent rectifier leurs idées et en
acquérir de nouvelles en peu de tems et à bien peu de frais. Nous aurons

ailleurs occasion de parler en détail de cette nouvelle production littéraire ;
en attendant, si je puis me permettre d'interpréter le vœu de mon ancienne
patrie, je puis assurer à M. Ginguené que les vrais Italiens lui éleveront
dans leurs cœurs un monument de reconnaissance non moins durable que
celui qu'il a lui-même élevé à la gloire de la littérature de leur pays.

(5)   Ed or su lei ritorno i dì leggiadri
                   Faranno al fine.

Dì leggiadri; expression pleine de grace, où le mot *leggiadri* est syno-
nyme de *leggieri, qui s'échappent avec rapidité,* tels que les jours et les
heures que l'on passe dans le plaisir, ou dans un doux asile,

   Sotto l' usbergo del sentirsi puro.

XXXI.

L'ELEZIONE A PRIMO CONSOLE.   L'ÉLECTION DU PREMIER CONSUL.

15 décembre 1799.

La constitution qui régissait la France au 18 brumaire, était devenue depuis long-tems un véritable fléau politique, par la facilité avec laquelle tous les partis en avaient fait tour-à-tour l'instrument de leurs passions. Aussi, la nécessité de la réformer d'après les principes d'une meilleure division des pouvoirs et d'un mode de gouvernement plus analogue aux besoins et à la politique des Français, était-elle généralement sentie. C'est par le desir d'arriver à ce double résultat que fut inspirée la constitution promulguée le 15 décembre 1799, et qui nommait Bonaparte *premier Consul*, avec des attributions particulières.

La médaille représente NAPOLÉON en robe consulaire, avançant sa main droite en signe de commandement. On voit derrière lui une chaise curule, et à ses côtés les faisceaux consulaires, avec la couronne de laurier. La légende, POPULI CONSENSU PRINCEPS CONSUL, veut dire, *Élu premier Consul par le vœu du peuple.*

1.   74

ODE XXXI.

L'ELEZIONE A PRIMO CONSOLE.

Quasi palma sublime (1)
  È la virtude alfine:
  In mezzo a le ruine
Tanto al ciel s'erge più, quanto s'opprime.

Per cento casi rei
  Spoglia del prisco onore
  La Gallia è a l'ultim' ore (2):
Par che tutti nemici abbia gli Dei.

ODE XXXI.

L'ÉLECTION DU PREMIER CONSUL.

Semblable au palmier, la vertu solide et courageuse finit toujours par s'élever, plus majestueuse et
plus fière, du sein des obstacles par lesquels on s'ef-
force vainement de l'opprimer.

Dépouillée de son antique honneur, et accablée
sous le poids des calamités, la France touche à son
heure dernière; on dirait que tous les Dieux ont
conjuré sa perte.

Gli stolti ingrati figli (3),
  De la natura mostri,
  Co i loro avidi rostri
  La strazìaro e co gli adunchi artigli.

Ma 'n sì fatal momento (4)
  Su le divine piume
  Un tutelar suo Nume
  Giugne a sottrarla dal crudel cimento.

Quest' è la Virtù stessa,
  Che meglio allor si scopre,
  Quando de gli empj l' opre
  La foga an più di calpestarla oppressa.

Ah sorgi, Duce invitto!
  Sorgi, fatal campione,
  O gran Napoleone,
  Conquistator del pelusiaco Egitto!

Ne' figli suoi raccolti,
  La Patria te prescelse
  A nuove imprese eccelse:
  Son gli sguardi del mondo in te rivolti.

Se a primi egual già fusti,
  Oggi a maggior decoro
  Il primo sei tra loro (5)
  Per lo splendore de' tuoi merti augusti.

Ses enfans aveugles et dénaturés se plaisent à lui déchirer le sein.

Mais, par bonheur, une Divinité bienfaisante et protectrice descend sur ses ailes divines, du séjour de l'Empyrée, et vient l'arracher au danger qui la menace.

C'est la Vertu elle-même, la Vertu, qui reçoit un nouvel éclat des efforts sacriléges par lesquels on cherche à la flétrir.

« Viens, Héros inimitable, fils chéri du Destin! « viens, glorieux conquérant de l'Égypte, incompa- « rable Napoléon!

« La Patrie, dans la personne de ses enfans, t'a « choisi pour de grandes et nouvelles entreprises; « tous les yeux sont fixés sur toi.

« On t'a compté jusqu'ici parmi ces enfans géné- « reux et fidèles: tu en es aujourd'hui devenu le pre- « mier par l'ascendant de tes vertus, et par l'éclat « de ta renommée.

Il comun plauso intanto
  Ilare accogli e i voti;
  Non fian d'effetto vuoti:
Tu nascesti a cangiarle in gioja il pianto.

« Entends autour de toi le concert attendrissant
« de l'alégresse et de l'espérance publiques. Leur
« vœu ne sera point trompé : tu naquis pour changer
« les destinées du monde. »

NOTES DE L'ODE XXXI.

(1)　　　　　Quasi palma sublime
　　　　　　　　È la virtude alfine,
　　　　　　　　In mezzo a le ruine,
　　　　　　Tanto al ciel s' erge più, quanto s' opprime.

Par cette sentence, très propre à nous faire voir que la vertu, quoique long-tems contrariée, sait vaincre enfin tous les obstacles que lui oppose la malice des hommes, le poëte veut ramener la pensée du lecteur à l'époque où Bonaparte, triomphant des résistances de tous les ennemis de la patrie, parvint en si peu de tems à sauver la France et l'Europe entière.

Pindare (Nem. ode VIII) a comparé la vertu aiguillonnée par la louange à un arbre vivifié par la douce rosée du ciel. On peut aussi appliquer à cette vérité les beaux vers du poëte :

　　　　　　　　E fa come natura face in foco,
　　　　　　　. Se mille volte violenza il torca.
　　　　　　　　　　(Parad. VI.)

(2)　　　　　La Gallia è a l' ultim' ore :
　　　　　　Par che tutti nemici abbia gli Dei.

Tel était l'état de la France au retour de Bonaparte de l'Égypte. Une puissante coalition, formée par la haine et par la vengeance, la menaçait audehors ; la guerre entre le pouvoir exécutif et le pouvoir législatif, l'esprit de révolte, les proscriptions, les inquiétudes, la terreur enfin, régnaient dans l'intérieur. C'est ce qui fait dire au poëte que tous les Dieux semblaient conspirer contre elle.

(3)　　　　　Gli stolti ingrati figli
　　　　　　De la natura mostri,

Co i loro avidi rostri
La straziaro e co gli adunchi artigli.

Cette pensée peut être une imitation de ce que Pétrarque dit de Rome
(ode IV, stroph. 6):

Orsi, lupi, leoni, aquile, e serpi,
Ad una gran marmorea colonna
Fanno noia sovente ed a se danno.
Di costor piagne quella gentil donna
Che t' ha chiamato acciò che di lei sterpi
Le male piante che fiorir non sanno.

(4)   Ma in sì fatal momento
         Su le divine piume
         Un tutelar suo Nume
         Giugne a sottrarla dal crudel cimento.

Ce génie tutélaire, ce mortel chéri des Dieux, est Bonaparte lui-même,
que le vœu de l'armée et de la nation avait appelé à la tête du gouvernement.

(5)   Il primo sei tra loro . . . .

Ce fut le 15 décembre 1799 que Bonaparte fut déclaré, par la constitution
nouvelle présentée à l'acceptation du peuple français, le chef du gouvernement pendant cinq ans, sous le titre de *premier Consul*. Quelque tems
après, la France, voulant assurer son bonheur à venir, l'investit de cette
dignité pour la vie.

~~~~~~~~~~~

XXXII.

L'ESERCITO CONSEGNATO   BERTHIER
A BERTIER.   COMMANDANT L'ARMÉE DE RÉSERVE.

8 mars 1800.

En arrivant à la premiere magistrature de la France, Bonaparte proposa la paix à l'Angleterre, qui la repoussa avec orgueil. D'un autre côté, docile aux instigations du gouvernement britannique, l'Autriche faisait de nouvelles dispositions hostiles; déja même cent mille hommes de ses meilleures troupes allaient entrer en campagne. C'est alors que, jugeant la guerre inévitable, et voulant se préparer à la soutenir avec avantage, le premier Consul ordonna la création d'une armée de réserve de soixante mille hommes. Le commandement en fut confié au général Berthier.

Dans cette médaille, on voit NAPOLÉON, en robe consulaire, assis sur une chaise curule, et étendant la main pour indiquer l'armée. Au-devant du Héros, on remarque un général qui avance sa main droite, en signe de fidélité; et derrière lui, trois porte-étendards et des enseignes. La légende, TUTELA REIPUBLICÆ, signifie, *Défense de l'État.*

ODE XXXII. [1]

L'ESERCITO CONSEGNATO
A BERTIER.

L'onor che 'l fregia e che gli diè la Patria,
    L'eroico spirto investe:
Surge lo Zelo intorno a lui, di candida
    Coverto e sacra veste.

Strigne la sferza con la destra intrepida;
    Sostien la manca ardente
Face: conosci or tu, gli sclama fervido,
    Chi mai ti sta presente?

ODE XXXII.

BERTHIER

COMMANDANT L'ARMÉE DE RÉSERVE.

Déja, à la vue de cet honneur éclatant que la Patrie vient de lui décerner, le Héros se sent transporté d'une ardeur généreuse; et le Zèle vient se placer à côté de lui pour l'animer encore de ses brûlantes inspirations;

Le Zèle, qui, tenant l'aiguillon d'une main, et de l'autre un flambeau, lui dit: « Connais-tu celui qui « est auprès de toi?

I' vo che stabil sempre e sempre provvido
 Renda con sagge norme
Al vario de le cose ordin politico
 L' utili e belle forme:

E vo che 'l vizio tu sperda inflessibile
 A pro del gallo Impero;
Che del nimico reo la forza indomita
 Fiacchi e l' orgoglio altero.

Ode gli accenti tuoi, Zelo magnanimo:
 L' Eroe per te ravviso,
Che già raguna le falangi impavide
 Lieto e sicuro in viso:

Che di Bertiero al formidabil genio (2),
 Al genio bellicoso,
De la Patria così fida la gloria
 Ed il comun riposo.

Spirti superbi udir pace non vogliono?
 Va cinto di tue glorie;
Ch' Ei poscia, o duce, a secondar sollecito
 Verrà le tue vittorie.

« Je veux que, toujours énergique et toujours
« prévoyant, tu rendes à l'ordre politique, par la
« sagesse de tes lois, ses formes utiles et imposantes.

« Je veux que, pour le bonheur de la France, le
« crime disparaisse, et se cache sans retour devant
« ton inflexible sévérité, pendant que l'orgueil et la
« férocité de l'ennemi ploieront sous les efforts de
« ta valeur . . . . . »

Le Héros a entendu ces accens énergiques du Zèle;
et déja, certain d'un succès dont le présage a parlé
à son ame courageuse, il rassemble ses phalanges
intrépides.

C'est au génie belliqueux du fidèle et brave Berthier que NAPOLÉON confie l'honneur de la Patrie et
le soin de son repos.

Un ennemi aveugle et superbe repousse la paix.
Eh bien! pars, guerrier généreux, précédé de tes
vertus et de ta gloire. Le plus grand des Héros va
te suivre, pour animer tes efforts, et seconder tes
exploits.

NOTES DE L'ODE XXXII.

(1) Dès que le Héros est investi de cette dignité éminente, le Zèle se place
à son côté, et enflamme son esprit d'une nouvelle ardeur. « Reconnais,
s'écrie-t-il au Héros, reconnais le Dieu qui t'inspire. C'est moi qui dois te
guider dans la noble réforme des lois réclamées par la justice. Que ton bras
invincible extermine le vice, qu'il domte l'orgueil des ennemis de la France,
qu'il rende à cette contrée sa gloire et ses vertus ». Zèle magnanime, tes
accens ont touché le Héros, et déja, assuré par sa valeur du succès de ses
phalanges formidables, il en confie le commandement au génie de l'intrépide Berthier. Va donc, guerrier formidable, vole à tes hautes entreprises ;
le génie de Bonaparte te précède, et t'ouvrira le chemin d'une gloire nouvelle.

Tel est le sujet, l'ordre, et l'enchaînement des idées de cette ode.

> . . . . . . di candida
> Coverto e sacra veste.

Horace (lib. I, ode 35) dit, *Albo rara fides velata panno.*

(2)   Che di Bertiero al formidabil genio
         Al genio bellicoso,
     De la Patria così fida la gloria
         Ed il comun riposo.

Dans le mois de mars 1800, on ordonna la formation d'une armée de réserve
à Dijon ; un appel fut fait à trente mille conscrits pour se réunir dans cette
ville. Le général Berthier, nommé général en chef de cette nouvelle armée,
s'aperçut, à son arrivée, que la plupart des moyens qui devaient assurer le
succès de sa mission étaient paralisés. Les conscrits étaient sans armes, les
vieux soldats sans habits, les magasins sans approvisionnemens ; l'armée
était à créer. Tout changea d'aspect par sa présence : bientôt les magasins
sont approvisionnés, des agens sont envoyés par-tout pour accélérer la
marche des troupes ; et en moins de vingt jours, l'armée est portée à
soixante mille combattans.

XXXIII.

IL PASSAGGIO DELLE ALPI.   *LE PASSAGE DES ALPES.*

17 mai 1800.

Une des plus belles opérations militaires que l'histoire ait dû s'empresser de recueillir, est le passage du mont Saint-Bernard par l'armée de réserve. Le premier obstacle à surmonter était de faire passer l'artillerie par un chemin de plusieurs lieues de long sur dix-huit pouces seulement de large, pratiqué à travers des rochers à pic, et bordé d'affreux précipices. Tant de difficultés et de dangers ne furent pas capables d'intimider les soldats. On les vit se presser en foule autour des pièces, pour se disputer à l'envi l'honneur de les traîner ; et, après les avoir transportées au-delà du Saint-Bernard avec des efforts de constance et des fatigues impossibles à décrire, ils refusèrent généreusement la récompense qui leur avait été promise.

La médaille représente un général à cheval. On voit au-devant de lui un petit monticule qui figure les Alpes. La légende, ALPES SUPERATÆ, veut dire, *Passage des Alpes.*

1.   78

ODE XXXIII.

IL PASSAGGIO DELLE ALPI.

Napoleon qual vindice (1)
De l'itale ruine,
Intrepido, instancabile
De l' erte balze alpine
Varca, seguito da le sue virtudi,
Il nembifero orror, gli scogli ignudi.

Il già temuto Annibale (2)
Da la bitinia tomba
Surge a lo squillo bellico
De la gallica tromba:
Fende gli eterei campi e in sì gran giorno
Spettro è non visto a l' orrid' alpe intorno.

ODE XXXIII.

LE PASSAGE DES ALPES.

Le réparateur des ruines de l'Italie, l'infatigable, l'intrépide Napoléon, suivi du cortége de ses vertus, franchit les rochers escarpés et les sommets sourcilleux des Alpes.

Aux sons belliqueux de la trompette française, le terrible Héros de Carthage s'élance de sa tombe, traverse les régions éthérées, et vient, fantôme invisible, planer sur ces monts orgueilleux qu'il franchit aussi autrefois.

Chi è mai questo magnanimo,
  Dicea, ch' osi emularmi,
  E trar per calle inospite
  Schiere novelle ed armi?
  Esser deon sacri a me questi ermi gioghi:
  Olà nessuno i dritti miei s' arroghi.

S' arresta intanto, e attonito
  Or sta guatando il Duce,
  Che in strane guise e varie
  L' esercito conduce;
  Or con interni moti ei fassi innanti
  I novi a contemplar bronzi tonanti.

Pargli che sino l' ispide
  Rupi e le nevi algenti
  Del novo Eroe si mostrino
  Al cenno ubbidienti;
  E l' irto genio de' recessi alpini
  Mentre ch' Ei passa le ginocchia inchini.

Scopresi alfine: estatico
  Ei sclama a Bonaparte:
  Ah sì poteo me vincere
  La tua mirabil' arte!
  Credea che sol questo difficil calle
  Fosse di gloria al punico Anniballe.

« Quel est donc, s'écrie Annibal, ce capitaine qui
« veut rivaliser d'audace avec moi, et guider par des
« sentiers impraticables des armées nouvelles et de
« nouveaux instrumens de guerre ? C'est à moi seul
« que doivent être consacrées ces cimes solitaires :
« qu'aucun mortel n'ose usurper mes droits ! »

Toutefois il s'arrête, et porte ses regards étonnés
sur le Héros qui conduit avec tant de courage ses
bataillons infatigables ; et bientôt, ému d'un profond
sentiment d'admiration, il s'avance pour contempler
ces bronzes foudroyans, inconnus à son siècle et à
son art.

Il lui semble que tout, jusqu'aux roches les plus
escarpées et aux neiges éternelles qui les assiégent,
obéit aux volontés du Héros français, et que l'âpre et
inflexible génie des retraites des Alpes s'incline avec
respect sous ses pas rapides et victorieux.

Le fantôme se fait enfin connaître, et dans son
enthousiasme, Annibal s'écrie : « Généreux NAPOLÉON !
« j'avais cru jusqu'ici qu'à moi seul appartiendrait la
« gloire d'avoir traversé ces sentiers difficiles ; mais je
« m'avoue vaincu par la puissance de ton art et de
« ton génie.

Dunque la bella Italia
  Calca con più fortuna:
  Veggo qual nobil serie
  Di palme il ciel t' aduna!
  Tacque, e de l' odio in segno, odio infinito,
  Roma quel fero gli accennò col dito.

« Va donc parcourir les champs de la délicieuse
« Italie; et puisse-tu y éprouver une meilleure des-
« tinée que la mienne! Je vois déja les palmes innom-
« brables qu'y moissonnera ta valeur tant de fois
« éprouvée . . . . » Il dit; et, le cœur brûlant des feux
d'une haine implacable, il montre au'Guerrier de la
France les plaines du Latium et les remparts de Rome.

NOTES DE L'ODE XXXIII.

(1)   NAPOLEON qual vindice
      De l'itale ruine,
      Intrepido, instancabile
      De l'erte balze alpine
      Varca, seguito da le sue virtudi,
      Il nembifero orror, gli scogli ignudi.

Le passage des Alpes par Annibal était depuis deux mille ans un juste sujet d'admiration ; et l'on avait de la peine à concevoir comment ce capitaine avait conduit ses soldats, ses chevaux, ses éléphans, à travers de rochers escarpés, de glaçons éternels, d'affreux précipices que l'œil ose à peine regarder, de tas immenses de neige, de torrens impétueux que l'homme le plus intrépide ne saurait contempler sans frémir d'effroi. Mais ce prodige, le voilà renouvelé de nos jours par le plus grand des héros.

Revenu de l'Égypte, Bonaparte tourna ses regards vers cette Italie, où il avait déja moissonné tant de lauriers, et qui invoquait son libérateur pour échapper une seconde fois au joug de ses ennemis, et recouvrer son indépendance.

Bonaparte arrive au pied du Saint-Bernard le jour où plusieurs corps devaient le franchir. Ce fut après cinq heures de marche que les troupes, épuisées de fatigues, arrivèrent enfin sur le sommet de la montagne.

(2)   Il già temuto Annibale
      Da la bitinia tomba.

Cette fiction me semble amenée ici bien à propos. Réveillée du sommeil de la mort, l'ombre d'Annibal sort de sa tombe, et se présente sur les cimes des Alpes, qu'il croyait inaccessibles pour tout autre que lui.

Étonnée de voir que la nature entière se montre obéissante au génie de ce Héros, l'ombre du guerrier se fait connoître ; et, après lui avoir souhaité un sort plus heureux que le sien dans les contrées d'Italie, il lui montre du doigt Rome, qui est l'objet de sa haine éternelle.

XXXIV.

LA MOSTRA DELL'ITALIA   NAPOLÉON MONTRANT A L'ARMÉE FRANÇAISE
    AI SOLDATI.   LES PLAINES D'ITALIE.

Mai 1800.

AVANT d'entrer en Italie, le premier Consul passa d'abord la revue des différens corps de l'armée de réserve, et publia ensuite une proclamation énergique et touchante, où il peignait à grands traits l'état d'avilissement et d'oppression dans lequel l'Italie était retombée, et les destinées éclatantes auxquelles elle devait s'élever par la gloire de nos armes. Cette proclamation contribua à exalter dans toutes les ames les sentimens de confiance et de courage, qui étaient le présage des prodigieux et rapides succès que l'armée allait obtenir.

LA médaille représente NAPOLÉON placé sur une éminence, et montrant de la main droite les plaines de l'Italie aux soldats, qui, en signe d'alégresse, frappent de la pique leurs boucliers. La légende, ITALIAM ITALIAM, ADLOCUTIO, veut dire, *Discours aux soldats, à la vue de l'Italie.*

ODE XXXIV.

LA MOSTRA DELL' ITALIA AI SOLDATI.

Ecco l' Italia bella (1),
La bella Italia desolata e in pianto:
Io ve l' addito, è quella;
Di racquistarla, o prodi, avrete il vanto.
È pur la patria mia!
Io ti saluto, regìon natia.

Compiasi 'l gran viaggio:
Le rittorem gli odiosi lacci al piede;
Chè de l' armi al paraggio
L' altrui superba possa indarno crede
Starsi: al temuto lampo
Del nostro brando e come aver può scampo.

ODE XXXIV.

NAPOLÉON MONTRANT A L'ARMÉE FRANÇAISE LES PLAINES DE L'ITALIE.

« La voilà dans l'humiliation et dans la douleur,
« cette Italie autrefois si glorieuse et si prospère !
« Valeureux combattans, vous aurez l'honneur de les
« conquérir une seconde fois, ces belles contrées
« qui furent mon berceau.

« Accomplissons nos grandes destinées. Hâtons-
« nous de briser les chaînes qui tiennent l'Italie hon-
« teusement captive. Oui, c'est en vain que, dans son
« orgueil, l'ennemi se flatte de résister à la puissance
« de nos armes.

Breve sarà 'l cimento (2),
E 'l gaudio lungo de le colte palme:
Il bellico ardimento
Entro del vostro core agiti l' alme;
Chè fora inutil poi,
Che un vil timore s' annidasse in voi.

Mirate: al fianco stassi (3)
De la Patria l' Onor, che l'asta impugna,
E affretta i nostri passi,
Perchè arditi tentiam l' ultima pugna;
E intorno abbiam fremente
L' immenso stuol de l' inimica gente.

Pur l' ubertoso grembo,
E de' figli le braccia Italia n' offre (4):
Di nostre squadre il nembo,
Ansioso attende, e mal l' indugio soffre.
Su dunque, o prodi, ardire:
D' Italia in seno o vincere, o morire.

Qual sacro foco ignoto (5)
A i magnanimi sensi il Franco accende!
Il giuramento, il voto
Odo d' ognun, che rapido discende:
Italia, è tempo omai,
Che al tuo prisco fulgor dischiuda i rai.

« Qu'est-ce que le danger d'un instant auprès de
« l'immortalité des palmes que dispense la Victoire?
« Qu'une nouvelle ardeur enflamme donc votre cou-
« rage; loin de vous la défiance et la crainte, que les
« braves ne connurent jamais.

« Voyez-vous, à côté de la Patrie, l'Honneur, armé
« d'une lance; l'Honneur qui vous presse d'engager
« cette dernière lutte, dont le succès ne peut être
« incertain? Entendez frémir autour de vous les pha-
« langes ennemies, et volez à de nouveaux triomphes.

« L'Italie nous offre les richesses de son sein et les
« bras de ses enfans, impatiente qu'elle est d'échapper
« au joug oppresseur sous lequel elle gémit; c'est là
« qu'il faut ou vaincre ou mourir. »

Mais quel transport généreux s'empare déja du
cœur des Français! J'entends leurs vœux et leurs sermens; je vois leurs bataillons intrépides s'élancer avec
la rapidité de l'aigle. Italie! voici le moment où tes
yeux vont s'ouvrir à l'éclat de ton ancienne gloire.

L' ombra medesma irata,
Ch' era ivi ancor de l' eliseo guerriero (6),
I detti ascolta e guata
L' emulatrice impresa e 'l Gallo fero;
Indi a l' antico avello
Riede contenta de l' Eroe novello.

L'ombre courroucée du Héros de Carthage les a
aussi entendu, ces vœux et ces sermens. Elle applaudit
à la nouvelle entreprise de la valeur gauloise; et,
remplie d'admiration pour le Capitaine qui en dirige
les courageux efforts, elle rentre dans sa tombe soli-
taire et révérée.

NOTES DE L'ODE XXXIV.

(1)   Ecco l'Italia bella,
La bella Italia desolata e in pianto. . . .

Ce discours de Bonaparte peut être comparé à celui qu'Annibal tint à ses soldats dans une occasion semblable, et que Tite-Live nous a transmis.

(2)   Breve sarà 'l cimento.

C'est la pensée de Pétrarque : *E fia 'l combatter corto.*

(3)   Mirate: al fianco stassi
De la Patria l'Onor, che l' asta impugna, etc.

Bonaparte ne cache point le péril à ses soldats, il le leur montre, au contraire, tout entier avant de l'affronter; mais c'est après avoir enflammé tous les cœurs de ce feu sacré qui nous transporte et nous fait voler aux nobles entreprises à travers les plus grands obstacles.

(4)   E de' figli le braccia Italia n' offre.

Le poëte veut nous rappeler ces intrépides cohortes italiennes qui accompagnèrent le Héros, et se signalèrent dans les fameux combats qui eurent lieu après le passage des Alpes.

(5)   Qual sacro foco ignoto
A i magnanimi sensi il Franco accende!

Nous avons eu souvent l'occasion d'admirer les prodigieux effets que les discours de Bonaparte, et souvent même un seul mot, un seul de ses regards, ont produit. On n'en trouve de semblables que dans ceux du grand César.

(6)   . . . . Eliseo. . . . .

De Didon ou Elise reine de Carthage.

XXXV.

LA VITTORIA DI MARENGO.   LA VICTOIRE DE MARENGO.

14 juin 1800.

La mémorable victoire de Marengo décida en même tems la gloire de la France, le sort de l'armée, et la destinée de l'Italie. Les résultats de cette victoire, long-tems disputée et indécise, furent douze drapeaux et vingt-six canons pris à l'ennemi, treize mille hommes de ses meilleures troupes tués, blessés, ou prisonniers. Le lendemain de la bataille, il fut conclu une convention d'armistice, en vertu de laquelle le général autrichien remit au pouvoir de l'armée française la plus grande partie des forteresses de l'Italie.

La médaille figure NAPOLÉON couronné par la Victoire, tenant l'épée dans sa main, et ayant à ses pieds un amas d'armes, et une foule de prisonniers. La légende, VICTORIA AD MARINCUM XIV JUN. MDCCC, signifie, *Victoire de Marengo*, le *14 juin* 1800.

8₂

ODE XXXV.

LA VITTORIA DI MARENGO.

Erato, giovin dea di mirti e rose (1)
Ombrata il crin, tua lira
Oggi a temprar mi riedi, e l' alte cose
Tu stessa oggi m' ispira,
Che co gli slanci del valor, de l' arte
Il Franco opraro e l' Alemanno marte.

    Or lunge di Lanneso e di Marmonte,
E d'altri duci, o diva,
I primi allor di cui s' ornàr la fronte.
Deh! sol ch' io canti e scriva
Col puro stil, te mio sostegno e scudo,
Il sanguinoso di Marengo ludo (2).

ODE XXXV.

LA VICTOIRE DE MARENGO.

Erato, jeune divinité, couronnée de myrte et de roses, viens présider aux accords de ma lyre; viens m'inspirer le noble récit des prodiges opérés par le Gaulois et le Germain disputant entre eux d'audace et de bravoure.

Je ne dénombrerai point les palmes que moissonnèrent dans un même jour Lannes, Marmont, et tant d'autres chefs également intrépides. Je veux décrire par tes inspirations les jeux sanglans de Marengo.

Di Gallia son, son di Lamagna i forti
Guerrieri a fronte omai;
Varian gli assalti ognor, varian le sorti:
S'odon le grida, i lai
Di chi ferisce, di chi cade estinto,
Di chi riman tra le ritorte avvinto.

    Par che pugnin tra lor gli opposti venti (3)
Quando Eolo gli sprigiona
Da gli antri cupi a i miserandi eventi.
L'austriaco duce tuona
Co'la voce, col ferro, co l'esempio,
E ovunque scorre ad ingrandir lo scempio.

    Piegan le Franche schiere, e del nimico (4)
S'arretrano al furore:
Melas gridò: Germani, il fato è amico:
Co l'estremo valore
Seguiamlo arditi, il secondiam; fian tutte
Le Galliche falangi arse e distrutte.

    NAPOLÉON sel vide, e seco il vide (5)
Il gran Dessese, oh Dio!
Brandisce questi a l'uopo armi omicide,
Ed un eccidio rio
Sparge intorno e prodigj: arresta il corso
Al trionfo de l'Austria il suo soccorso.

Déja les phalanges de la Gaule et de la Germanie sont en présence. Elles se heurtent par mille assauts divers, et le sort du combat est incertain. L'air retentit des cris confus des assaillans, des mourans, et des prisonniers.

On croit assister au choc tumultueux des Autans déchaînés des profondes cavernes d'Eole pour bouleverser le vaste sein des mers. Le Capitaine autrichien fait entendre sa voix, et, le glaive à la main, il anime en tout lieu le carnage par sa présence.

Mais quoi! les bataillons français ploient un instant, et reculent devant la fureur ennemie. « Germains, « s'écrie alors Mélas, le ciel se déclare pour nous : « secondons sa faveur par notre bravoure. Encore « un effort, et l'ennemi trouvera sa honte et son « tombeau dans ces plaines qu'aura immortalisé notre « intrépidité. »

NAPOLÉON aperçoit le danger. Desaix, qui le voit aussi, saisit ses armes homicides; et, portant autour de lui la terreur et la mort, il arrête par son indomtable valeur les progrès du Germain présomptueux.

Pur cade alfin; ma glorìoso cade,
Qual visse glorìoso:
Così l'impeto altier, la crudeltade
D'aspro lion villoso,
Dopo 'l lungo alternar d'orrida guerra,
Robusto tauro ancor mugghiante atterra.

Geme il Consolo ahimè! sul duce spento;
Ma sua mercede un lampo
Scorge di speme, e nel fatal cimento
Erge dal negro campo
I lumi al ciel: Giove rimira inteso (6)
A bilanciar di tanta guerra il peso.

Il Germano destin da un canto e il Franco
Da l'altro il Dio reggea;
Nè in quell'istante al destro lato o al manco
L'aurea lance pendea:
Ah! gran Giove, sclamò, Giove sovrano,
Vinca il Franco destin, perda il Germano.

Tu 'l brami, Eroe, che un dì farai mie veci
Su la terrestre mole?
Sì ch'ampio effetto avran tue calde preci.
Ecco che par s'invole
Ogni spirto dal sen de l'Alemanno,
Già tutto immerso in angoscioso affanno.

Mais il tombe au même instant, et meurt, comme il avoit vécu, couvert de vertu et de gloire. Tel, après un long et terrible combat, un taureau vigoureux succombe en mugissant, sous l'impétueuse violence d'un lion superbe qui ne l'a terrassé qu'avec effort.

Le Héros de la France déplore le trépas de son courageux lieutenant; mais l'espoir de la victoire vient calmer sa douleur : et tout-à-coup, levant ses yeux vers la voûte azurée, il aperçoit le maître des Dieux qui pesait les destinées de cette guerre terrible.

Le sort de la Gaule et celui de la Germanie étaient en équilibre dans la redoutable balance. « Souverain « Arbitre des humains, s'écrie NAPOLÉON, fais que le « destin de ma patrie l'emporte en ce jour sur celui « de son terrible ennemi. »

« Puisque tel est ton vœu, Héros incomparable, « qui rempliras un jour dans l'univers les fonctions « de ma toute-puissance, ta prière sera exaucée », répond Jupiter. Soudain l'ardeur des combats et le génie de la victoire abandonnent le cœur du Germain déconcerté, pour y faire place au découragement et à la consternation.

Al Vincitore allor di novo cesse
Italia bella, e allora
Diva discesa da le spere istesse
D' un bel serto l'onora :
Disse : « A l' invitto Figlio de la Gloria
« Sul campo di Marengo la Vittoria. »

C'est alors que l'Italie reçut de nouveau la loi de
son vainqueur illustre et chéri; et au même instant,
une Divinité, descendue de l'Empyrée, posa une couronne sur sa tête, en disant : « La Victoire, au fils
« invincible de la Gloire sur le champ de Marengo. »

NOTES DE L'ODE XXXV.

(1)   Erato, giovin dea di mirti e rose
          Ombrata il crin, tua lira
          Oggi a temprar mi riedi . . . .

Pindare (Némée, ode IX) fait une semblable invocation aux muses, afin de pouvoir mieux chanter la gloire de Cromius.

(2)   Il sanguinoso di Marengo ludo.

La fameuse victoire de Marengo, qui termina en moins d'un mois une aussi prodigieuse campagne, fixa le destin de la France, et l'indépendance de l'Italie eut lieu le 14 juin 1800.

(3)   Par che pugnin tra lor gli opposti venti
          Quando Eolo gli sprigiona
          Da gli antri cupi a i miserandi eventi.

     . . . . *magno discordes æthere venti*
     Prælia ceu tollunt, animis et viribus æquis :
     Non ipsi inter se, non nubila, non mare cedunt :
     Anceps pugna diu ; stant obnixa omnia contrà.
                     (Énéide, liv X.)

(4)   Piegan le Franche schiere . . . .

Le poëte nous rappelle cet affreux moment où l'ennemi se crut assuré de la victoire en voyant nos armées enfoncées de toute part.

(5)   NAPOLEON sel vide . . . .

Au milieu de cette confusion, Bonaparte rassemble toutes les forces de son ame, et aussitôt son génie lui répond de la fortune. Il parcourt les rangs, ranime la valeur de ses soldats, et ramène dans tous les cœurs cette confiance et cet enthousiasme qui précèdent et enfantent les grands succès. La fortune, qui semblait vouloir l'abandonner, est enchaînée à son char. Le signal de la victoire est donné, le terrible pas de charge se fait entendre; les bataillons ennemis sont dispersés.

Desaix se laisse emporter par sa valeur : il saute les fossés, il franchit les haies, et renverse tout ce qu'il rencontre en son passage. Mais au moment de son triomphe, il est atteint d'une balle mortelle. Avant d'expirer, il dit au jeune Le Brun : « Allez dire au premier Consul que le regret que j'ai, est de n'avoir pas assez fait pour la patrie » ! A ces mots, Bonaparte, concentré dans sa douleur : « Pourquoi ne m'est-il pas permis de pleurer » ! dit-il ; ce qui a fait dire au poëte Le Brun, dans cette belle ode où il parle de la bataille de Marengo :

Au lieu de le pleurer, Bonaparte le venge.

(6)   . . . . . Giove rimira inteso
             A bilanciar di tanta guerra il peso.

Juppiter ipse duas æquato examine lances
Sustinet, et fata imponit diversa duorum;
Quem damnet labor, et quo vergat pondere letum.
                    (*Ænéide*, liv. XII.)

XXXVI.

IL RINGRAZIAMENTO	NAPOLÉON REND GRACES DE SES VICTOIRES
A DIO.	A LA DIVINITÉ.

18 juin 1800.

Peu de jours après la bataille décisive de Marengo, le premier Consul assista à un *Te Deum* que la ville de Milan fit chanter dans la métropole en l'honneur de nos succès militaires. Le chef du gouvernement français fut reçu à la porte de l'église par tout le clergé, conduit dans le chœur, et placé sur l'estrade où l'on avait coutume de recevoir les consuls et les premiers magistrats de l'Empire d'Occident. La cérémonie fut imposante et superbe. Ce respect pour l'autel fit une vive impression sur les peuples d'Italie, et contribua à donner de nouveaux amis à la France.

La médaille représente une figure en habits sacerdotaux, tenant une patère à la main, et brûlant des parfums sur un autel. La légende, EPINICIA, veut dire, *Action de grâces à la Divinité.*

1. 85

ODE XXXVI. [1]

IL RINGRAZIAMENTO
A DIO.

Dᴇ l' uomo e de gli eventi in cielo sta
    Scolpita in adamante
La sorte, e giusta sempre è la pietà
    Dimostra al Nume innante.

L' Eroe, che nutre in core e zelo e fè (2),
    Dopo 'l trionfo altero,
Del sacro altar pronto s' umilia al piè,
    E priego offre sincero.

ODE XXXVI.

NAPOLÉON REND GRACES DE SES VICTOIRES A LA DIVINITÉ.

Le sort des évènemens et des hommes est écrit dans le ciel sur des tables de diamant. La piété envers l'auteur de la nature est à-la-fois un devoir et un sentiment de justice.

Animé de foi et de zèle, le Héros, naguère couvert de gloire, vient incliner sa tête triomphante, et répandre sa fervente prière devant l'auguste majesté des autels.

Gran Dio de' padri miei, deh! lunghi dì
    Tal fulgido sereno
De la Gallia non sol spandan così
    Ma de l'Italia in seno.

Per novi urti l'Italia ahimè! crollò,
    Preda del laccio antico;
Ma 'l disiato onor su lei tornò,
    E invan freme il nemico.

D'Insubria, o Donna, or rimirar puoi tu,
    Squarciato il fosco velo,
Chè a l'armi nostre diè tanta virtù
    L'alto favor del cielo.

Di rei pensier si pasca e d'empietà (3)
    L'ateo fellon, che siede
Sovra la Senna, e suo vil gioco fa
    Religione e fede.

Stolto! vedrà, che l'onta mia non è;
    L'onta è del ciel, che spesso
Giusta vendetta e strazio giusto fè
    D'un simigliante eccesso.

« Dieu puissant de mes ancêtres ! fais briller une
« longue suite de jours heureux et sereins sur la France
« et sur l'Italie, dont les destinées sont inséparables.

« L'Italie, agitée par de nouvelles convulsions, était
« retombée sous le joug humiliant dont je l'avais
« affranchie ; mais elle vient de recouvrer son antique
« honneur, et c'est en vain qu'en frémit un ennemi
« jaloux et féroce.

« Aujourd'hui, qu'est déchiré pour toujours le
« sombre voile de ta douleur, ô Reine d'Insubrie, tu
« le vois : c'est à la protection signalée du ciel qu'est
« dû le succès de nos armes.

« Qu'il se nourrisse d'injustes et sacrilèges pensées,
« l'impie qui se fait un jeu de la religion et de la foi.

« L'insensé ! il apprendra que c'est contre le ciel,
« et non contre moi, que sont dirigés ses outrages
« et ses attentats ; mais le ciel a souvent frappé d'une
« juste et terrible vengeance le mépris de ses lois. »

NOTES DE L'ODE XXXVI.

(1) Le rhythme de cette ode est tout-à-fait conforme à la dignité de son sujet. La marche noble et majestueuse des vers endecasyllabes, rendue encore plus grave par le ton aigu qui les termine, forme un accord admirable avec les petits vers qui entrent dans la composition de chaque strophe.

L'auteur de la Napoléonide a toujours réussi dans l'entreprise d'approprier le rhythme de ses chants aux sujets qu'il célèbre ; ce qui suppose dans ce poëte beaucoup de sensibilité et un jugement exquis.

(2)   L'Eroe che nutre in core e zelo e fè,
                  Dopo il trionfo altero,
              Del sacro altar pronto s'umilia al piè,
                  E priego offre sincero.

Après la mémorable bataille de Marengo, Bonaparte, revenu à Milan, où il fut reçu aux acclamations d'un peuple immense qui le regardait comme le libérateur de l'Italie, assista, avec tout son état-major, au *Te Deum* qu'on chanta dans la métropole de cette ville, pour rendre grâces au Tout-Puissant qui lui avait donné la victoire.

(3)   Di rei pensier si pasca, e d' empietà
                  L' ateo fellon . . . .

Par ces vers, le poëte nous rappelle ces paroles mémorables que Bonaparte dit aux deux Consuls dans une lettre qu'il leur écrivit : « Malgré ce « qu'en pourront dire les athées de Paris, j'assisterai demain à un *Te Deum* « qui sera chanté dans la métropole de cette ville » ; paroles précieuses et consolantes qui attestent la vérité de cette sentence si connue du poëte philosophe :

> *Regum timendorum in proprios greges,*
> *Reges in ipsos imperium est Jovis,*
> *Clari giganteo triumpho,*
> *Cuncta supercilio moventis.*

www.ingramcontent.com/pod-product-compliance
Lightning Source LLC
Chambersburg PA
CBHW070317030726
47505CB00004B/1009